KB196301

환승

환승

조남숙 소설

도화

차례

환승

'딸랑' 종소리가 나고, 한 남자가 들어온다. 검은 안경테의 안경을 낀 남자는 챙이 달린 모자를 쓰고 있다. 남자는 편의점에 익숙한 사람처럼 사발면을 집어 들고 계산대로 향한다. 그리고 뜨거운 물을 온수통에서 받는다. 나는 통유리창을 통해 밖을 볼 수 있는 자리에 앉아 있다. 남자가 나를 흘깃 쳐다본다. 나와 시선이 마주치자 남자가 얼른 고개를 돌린다. 연두색으로 되어있는 긴 탁자에는 다섯 개의 의자가 나란히 놓여 있다. 나는 끝에서 두 번째 의자에 앉아 있다. 남자가 첫 번째 의자에 와 앉는다.

나는 유리창 너머로 달리는 승용차들을 바라본다.
휴대전화가 울린다. 가방을 열고 뒤적이자 어학생한테 얻은 볼펜이 만져진다. 얼른 볼펜을 꺼내놓고 전화 캡을 열었다.
언니, 지금 어디야?

답십리…….

동생이 갑자기 그곳에는 왜 갔느냐고 걱정스러운 듯 묻는다. 나는 별다른 말을 하고 싶지 않았다. 가라앉은 기분을 티 내지 않으려고 마른침을 꿀꺽 삼켰으나, 동생이 내 우울한 기분을 모를 턱이 없었다. 근래 열심히 집안 정리를 하고 버릴까 말까 하는 물건들을 버렸다. 마지막 신변 정리하듯 하는 나에게 동생은 방정맞은 질문은 하지 않았다.

남자가 나무젓가락을 벗기며 다시 나를 힐끔거린다.

애, 우리가 살던 동네가 그대로야.

나는 남자를 의식하고 조심스럽게 말한다. 동네는 퇴색해 버린 낙엽처럼 바스러질 것 같은 모양새를 갖추고 있었다. 동네가 많이 변했을 거라고 말한 동생은 깜짝 놀란다. 나는 동생에게 이 동네에서 뜬 것이 정말 다행이라고 말한다. 식구 중 누군가가 이곳에 남아있었다면 어쩔 뻔했는가, 등골이 오싹했다. 짧은 통화를 마치고 동생의 말대로 사진 몇 장을 전송했다. 친정 동네를 돌며 찍은 사진은 천연색도 아닌 거무튀튀한 흑백사진이었다.

사발면을 앞에 두고 밖을 내다보고 있는 남자가 자꾸 신경 쓰인다. 한 공간에서 사적인 대화가 노출된다는 것은 썩 좋은 일이 아니다.

친정 동네는 낡고 허름했다. 나는 타임머신을 타고 칠십 년대 어느 구간에 와 있는 것만 같았다. 여기저기 골목을 배회했다. 어린 시절 숨바꼭질을 하던 우물가는 이미 평지가 되어 있었다. 마치 우물이 그 자리에 있는 것처럼 나는 한참을 바라보았다. 친정 동네가 있는 블록을 벗어나지 못하고 애달픈 마음으로 골목을 돌고 또 돌았다. 정말로 애달픈 마음이었다. 내 어릴 적 추억이 담긴 이곳을 바람처럼 왔다가 바람처럼 갈 수는 없었다. 혹시 아는 사람이라도 만날 수 있을까 생각했지만 그런 일이 일어날 리 없었다. 목발을 짚고 다니던 친구 집은 문짝이 떨어진 채 폐가가 되어 있었다. 드문드문 빈집이 있는 듯했다. 일요일이라 동네는 적요했다. 우중충한 동네를 보니 남편이 있는 집에서나, 친정이 있는 이곳에서나 우울하기는 마찬가지다. 나는 갈 곳을 잃은 사람처럼 회색빛이 감도는 골목을 서성였다. 허탈한 마음을 가눌 길이 없었다. 속이 빈 탓인지 몸에 한기가 느껴졌다. 다행히 같은 블록에 편의점이 있었다. 도시 곳곳에서 볼 수 있는 편의점이 이곳에서는 낯설기만 하다. 발이 시리다. 얼른 나와야 한다는 생각에 쿠션도 없는 낡은 운동화를 신고 나오고 말았다.

한 번 와 보고 싶었던 친정 동네였다. 어떻게 변했을까. 아파트단지로 변했을까, 아니면 빌라촌으로 변했을까 궁금했다. 도착해서 동네를 보는 순간 나는 헉, 하고 입을 막았다. 한 발짝도 들어가고 싶지 않은 동네가 되어 있었다. 몇십 년이 지난 세월의 흔적이 누더기처럼 덕지덕지 달라붙어 있었다. 깨끗하게 변해 있을 거라는 믿음이 실망감을 더 부추겼다. 부모님과 형제들이 살던 곳이었다. 가슴이 아팠다. 나는 이곳에 무엇을 기대하고 왔을까. 혼란스러웠다.

어서 오세요.

이 블록에서 새로운 문명이라고 느낄 수 있는 것은 보라색과 연두색의 영문 로고가 새겨진 CU편의점뿐이다. 알바생이 가볍게 인사를 했다. 배도 고프고 따뜻한 음료수가 마시고 싶었다. 깨끗하고 훈훈한 편의점에는 가느다란 음악이 흐르고 있었다.

편의점에 익숙하지 않은 나는 어디서 커피를 찾아야 할지 몰라 진열대 사이에서 두리번거렸다. 알록달록한 과자봉지 색깔들만이 눈앞에 펼쳐졌다. 따뜻한 커피가 어디 있지요. 계산대에 있는 알바생은 이쪽이요, 손을 뻗어 오른쪽 방향을 가리켰다. 가리킨 곳에는 커피머신도 있고 온장고도 있었다. 내 눈높이보다 높이 있는 커피머신이 나만큼이나 머쓱한 표정을 짓고 있었다. 커피머신 위에는 '아메리카노 천이백 원'이라고 커다란 글씨로 쓰여 있었다. 버튼만 누르시면 돼요. 무엇을 누를까 망설이는 나에게 알바생이 말한다. 나는 고개를 끄덕이고 한 발짝 옆으로 가 온장고의 문을 열었다. 고급스러운 색깔의 아메리카노 캔 커피를 꺼냈다. 동네를 떠나기가 아쉬워 편의점에서라도 잠시 머물 작정이었다.

빵과 커피를 들고 밖을 내다볼 수 있는 자리에 가 앉았다. 연두색 테이블에는 다섯 개의 의자가 나란히 놓여있다. 밖에는 둥근 테이블이 놓여있고 빨간 파라솔이 접힌 채 서 있다. 파라솔 사이로 속도를 내며 지나가는 승용차들이 보인다. 큰길을 가운데 두고 맞은편에는 고층아파트가 바라보인다. 편의점 문이 열릴 때마다 딸랑거리는 종소리가 들린다. 젊은 남녀가 입구 쪽에 있는 작은 플라스틱 바구니를 들고 테이블 쪽으로 걸어온다. 바로 옆 냉동칸에서 남자가 메론바, 누가바, 콘 종류의 아이스크림을 담는다. 젊은 여자가 남자에게 새로운 것이 먹고 싶다고 말한다. 젊은 남자가 새로운 거? 하며 아이스크림이 든 냉동칸을 부스럭거리며 뒤적인다. 그들의 모습이 다정하다.

사발면을 두 손으로 감싼 남자가 또 힐끔거린다. 남자도 내 눈길을 의식했던지 고개를 딴 곳으로 돌린다. 남자가 신경 쓰인다.

편의점은 예전에 구멍가게 자리였다. 옛날에는 늙은 아줌마와 아저씨가 장사를 했던 곳이다. 지금은 세상의 흐름에 따라 간판도, 진열도 현대식으로 바뀌었다. 유니폼을 입은 젊은 알바생이 손님을 맞는다. 진열대는 가지런히 진열되어 있다. 사람들은 필요한 것만 간단히 사 가지고 사라진다. 잠깐 내릴 수 있는 간이역이라는 생각이 들었다. 나에게는 잠깐이라도 내릴 수 있는 간이역이 있었던가, 부산스럽게 떠오르는 생각이 안개 속에 부유한다. 여기까지 오기 전 두 번의 환승을 했다. 지긋지긋한 남편도 바꿀 수 있다면, 바꾸고 싶다. 철없는 유년기를 지나 성년이 되어 배우자를 만나 결혼했다. 진정한 삶이 무엇인지, 행복이 무엇인지도 모른 채 살아왔다. 나에게 산다는 것은 견디는 것뿐이었다. 한 번뿐인 인생이었다. 한때는 궁핍한 생활을 면하기 위해 아등바등 살았다. 젊었을 때나 늙어서나 소리 없이 사람을 질리게 하는 남편을 떠올리면 숨이 막힌다. 나는 진열대에 있는 알록달록한 색깔을 힘없이 바라본다. 옛 구멍가게에는 허술한 선반에 생필품이 무너질 듯 올려져 있었다. 진열이라기보다는 적당히 분리해서 척척 쌓아 놓았다. 그런 선반 속에서도 사려고 하는 물건을 금방 찾을 수 있었는데……. 새로운 문명에 서투른 나는 잘 정리되어 있는 편의점에 들어와서도 커피머신이 어디에 있는지 온장고가 어디에 있는지 두리번거렸다.

여기까지 오기 전 신답역 근처 명문웨딩홀 건물은 그 자리에 그대로 있었다. 커다란 간판도 그대로였다. 하나의 이정표인 양 찾아낸 박스형의 건물이 반가웠으나 이제 낡은 건물은 볼품이 없어졌다. 그때만 해도 웅장한 건물이었다. 사거리의 횡단보도를 건너 친정 동네를 향하여 걸었다. 몇십 년 만에 걷는 길이었다. 동네가 가까워질수록 이상하다는 느낌이 들었다. 마음에 회색빛이 감돌았다. 길 가장자리에 있는 단층짜리 가게들은 옛 모습 그대로였고, 공중목욕탕도 그대로 있었다. 길에는 휴지 조각이 뒹굴었고, 도로변에는 일반쓰레기봉투가 군데군데 나와 있었다. 쓰레기봉투에서 흘러나오는 오렌지빛 액체가 구불구불 선을 그었다. 다행히 겨울이라 악취는 나지 않았다. 전철역에서 내렸던 기대와는 달리 동네는 형편없었다. 동생의 이야기와 전혀 달랐다.

변한 것이 없어……. 어쩐 일이지……. 옛길 그대로야……. 세월이 흘렀는데……. 환경이 전혀 달라진 것이 없어…….

고집불통 그는 지금쯤 방문을 열고 내가 없는 넓은 거실에서 자유를 만끽하고 있을는지 모른다. 그는 숫기도 없고 아집으로 똘똘 뭉쳐져 있다. 그것을 감추기 위해서 무표정함으로 늘 가장한다. 늙어서도 한껏 찡그린 표정은 정나미가 떨어졌다. 왜소한 체격에 발꿈치를 조심스럽게 들고 걷는 그는 늘 조용하고 말이 없는 전형적인 일본사람의 분위기를 자아낸다. 젊은 시절 얼굴이 하얗고 도수가 높은 안경을 꼈으며 나약한 부잣집 도련님 같은 이미지였다. 명문대를 나온 그는 완전 모범생 스타일이었다.

백화점에 가면 니혼진 데스까? 일본사람이냐고 물었다. 나 역시 갸름한 얼굴에 숏커트를 치고 회색 니트 투피스를 입고 나가면 꼭 일본사람 같다는 말을 많이 들었다. 그때는 니트가 유행이었다. 그는 지금 모든 문화적 해택을 외면한다. 운전도, 컴퓨터도 할 생각을 안 한다. 휴대전화는 걸고 받을 정도다. 당신이 뭘 안다고. 잘 난 척하지 마. 아내를 인정하지 않으려 한다. 사람은 변하지 않는다더니 그는 전혀 변할 마음이 없다. 퇴직한 지 오래되었다. 내가 친구를 만나 어쩌다 늦으면 그는 화가 잔뜩 나 있다. 방 안에서 나오지도 않는다. 늦는다고 전화를 하면 말이 끝나기도 전에 전화를 툭 끊었다. 나가도 들어와도 눈길 한 번 안 주는 사람이었다. 부랴부랴 밥을 안친다. '나'라는 존재는 도대체 무엇이란 말인가. 눈언저리가 붉어진다.

　친정집은 동네에서도 메인 골목이었다. 나는 골목 초입에서 아랫동네까지 곧게 뻗은 길을 바라보았다. 찌들대로 찌든 동네는 삭아서 주저앉을 것만 같다. 도시에 아직도 이런 동네가 있다는 것이 믿어지지 않았다. 스테인리스 대문과 단단한 벽돌이 집이라는 형태를 유지하고 있었다. 한겨울에 차가운 물이 흐르듯 번들거리는 벽돌은 옷깃을 여미게 했다. 예전에는 훤히 들여다보였던 마당이었다. 집집마다 지붕을 덮은 마당은 햇빛이 들어갈 틈이 없어 보인다. '외부인은 접근 금지'라고 써 붙여야 할 듯한 시간을 거슬러 올라간 동네였다.
　친정집은 익숙한 형태 그대로였다. 대문 앞에서 서성였다. 다리에 힘이 빠져 어딘가에 앉고 싶었다. 걸터앉을 만한 곳을 찾으려 했다. 이북 아주머니가 사셨던 집 앞에 평평한 돌이 놓여 있었다. 음식 솜씨가 좋았던 아주머니는 동네에 경사나 큰일이 있을 때마다 가자미식해를 해내셨다. 나는 돌에 걸터 앉을까 하다 궁상맞을 것 같아 앉지 않았다. 친구들과 뛰어놀던 집 앞 골목은 골목이라고까지는 할 수 없었다. 지금은 믿어지지 않을 정도로 좁아 보인다. 어릴 적, 고무줄을 하던 친구들은 다 어디로 갔을까. 또 어르신들은. 친정 부모님이 돌아가셨듯 그들도 이 세상 사람이 아닐 터이다. 큰길에는 차들이 쌩쌩 달린다. 언덕 너머에는 다니던 초등학교가 있을 것이다. 나는 사거리 너머에 있는 보이지도 않는 학교를 넘겨다보았다.

남자는 그사이 사발면의 뚜껑을 벗기고 면발을 뒤적인다. 편의점에는 낯선 남자와 나 둘뿐이다. 조금 전 동생과 통화를 하면서 내 변변치 못한 감정을 들킨 것 같아 목에 두른 목도리를 어색하게 풀었다. 꺼내놓은 검정색 볼펜을 양 손가락으로 돌려본다. 홍보용 글씨가 흐릿하다. 눈에 이물감이 느껴진다. 화장실에 가서 거울을 봐야 할 것 같다.

보름 전, 남편과 심하게 다투었다. '당신한테 정말 질렸어'라고 소리치고 싶었다. 감정이 조금이라도 상하면 몇 날 며칠 그는 말을 안 한다.

방 안에서 가끔 남편의 기침소리가 들렸지만, 집안의 침묵은 깰 수 없었다. 그가 닫고 있는 방문 사이로 노란 불빛이 새어 나왔다. 실같이 가느다란 빛이었다. 거실을 가로질러 닫힌 그의 방문을 바라보며 지겨운 이 순간이 언제쯤 끝날 수 있을까 생각했다. 한 집에서 말을 섞지 않는다는 것은 고문이었다. 벌써 보름째이다. 이것을 이겨내는 방법은 스스로 혼자 사는 것이라고 최면을 거는 수밖에 없었다.

집을 나섰다.

마음 붙일 곳이 없었다. 생각해 낸 것이 친정 동네였다. 무엇이 그리 급했는지 모르겠다. 발에 닿는 대로 신고 나온 것이 낡은 운동화였다. 현관에는 분명 발목이 짧은 털 부츠가 있었다. Y전철역을 향하여 걸었다. 땅만 보고 걸었다. 짓눌렸던 기분이 좀처럼 회복되지 않았다. 실로 짠 두꺼운 털목도리로 입과 코, 귀까지 말아 올렸다. 누군가 내 뒤를 따를지 모른다는 쓸데없는 생각이 망상을 불러일으켰다. 나는 슬쩍 뒤를 돌아보았다. 아무도 없었다. 남편은 그 정도로 나에게 관심을 가질 위인이 아니다. 한 공간에서 의사소통이 안 되는 삶은 죽을 맛이었다. 그냥 살아. 이제 어쩔 건데, 살다 보면 이해할 날이 있을 거야, 그것이 벌써 몇십 년이다. 찬바람과 함께 날씨는 우중충했다. 눈 온 뒤라 길 가장자리에는 비질한 눈이 쌓여있었다. 콘크리트 바닥에는 잔돌들이 굴렀고, 녹은 눈으로 군데군데 물기가 고여 있었다. 털부츠를 신고 나오지 못한 것이 후회스럽다. 마른 땅을 짚고 걸었다. 신음에 가까운 한숨 소리가 새어 나왔다. 속에 있는 마지막 찌꺼기를 토해 내듯 숨을 몰아쉬었다. 두 번의 한숨이 목도리 안을 훈훈하게 했다. 잠깐의 따스함이 가슴까지 이어졌다. 그렇다고 해서 명치끝에 매달린 덩어리가 분해되는 것은 아니었다. 나는 또 뒤를 슬쩍 돌아보았다. 내 한숨 소리를 듣는 사람은 아무도 없었다. 언젠가 친구가 말했다.

넌 가끔 한숨을 쉬더라.

내가?

나는 깜짝 놀라 되물었던 적이 있었다.

얘, 너 그거 습관 돼.

친정 동네를 가보자고 나온 길이었다. 집에서 역까지 가까운 거리임에도 꽤나 먼 것 같았다. 전철 노선은 집에서 보고 나왔으나 한 번에 입력되지 않았다. 환승을 두 번 해야 한다. 한 번과 두 번의 차이가 이런 것인가? 60대 후반인 나는 목적지에 도착할 때까지 휴대전화를 켜고 노선을 여러 번 확인할 것이 틀림없었다. 내가 왜 이러지, 라는 생각은 떨쳐버린 지 오래되었다.

눈에 이물질을 닦아낸 나는 다시 빵과 캔 커피가 있는 탁자에 와 앉는다. 우중충한 오후 시간이었지만 편의점은 대낮처럼 밝다. 천정에는 일자형으로 된 밝은 형광등이 여러 개 달려 있다. 노란 아크릴판에 검정 글씨로 1에서 6까지 상품분류번호가 공중에 떠 있다. 남자가 후루룩거리며 사발면을 먹는다. 사발면의 면발을 들어 올리던 남자가 나를 쳐다보는 듯하다. 나는 남자의 시선을 무시한다. 남자 왼편에 그가 벗어놓은 모자가 동그마니 놓여 있다. 스포츠머리에 까만 안경테를 낀 남자의 운동화에 하얀 끈이 말끔하게 매어져 있다. 나는 다 낡아 빠진 내 운동화를 내려다본다. 낡은 운동화, 낡은 친정 동네를 생각하자 고집불통 남편까지 떠오른다.

짜증이 밀려왔다.

나는 눈을 감고 가볍게 머리를 흔들었다.

캔 커피 뚜껑을 비틀어 땄다. 손바닥에 온기가 전해진다. 빵을 한 입 베어 물고 커피를 한 모금 마신다. 미적지근한 커피는 맛이 없었다. T.O.P라는 갈색 캔에는 아메리카노 에스프레소라고 적혀있다. 에스프레소라면 고농축일 텐데. 커피믹스에 익숙한 나는 커피가 텁텁하면서 쓰지도 달지도 않고 어쨌든 이상한 맛이었다.

남자가 벌써 하얀 냅킨으로 입을 닦고 사발면 그릇을 주섬주섬 챙겨 쓰레기통에 버린다. 흔히 보았던 캔 커피 두 개를 들고 다시 자리에 와 앉는다. 캔 커피 입구를 휴지로 깨끗이 닦고 뚜껑을 딴다. 휴대전화를 들여다보며 홀짝홀짝 마신다. 이번에는 내가 그의 행동을 주시한다. 남자가 창밖으로 눈길을 돌린다. 건너편 고층아파트는 넓은 대로를 가운데 두고 개발된 곳과 낙후된 곳의 차이를 뚜렷하게 보여준다. 음침한 친정 동네를 생각하니 그의 얼굴이 다시 떠오른다. 나와 있어도 집안의 무거운 기운이 떨쳐지지 않는다. 이거 사모님 거 같은데요. 커피를 마시던 남자가 볼펜을 내민다. 회기역에서 여학생한테 얻은 볼펜이었다. 깜짝 놀라 남자의 얼굴을 쳐다보았다. 화장실에 갈 때 떨어뜨렸던 모양이다.

주저하면 못 나갈 것 같아 세수도 하지 않은 채 서둘러 나오고 말았다. 거울 앞에 선 얼굴은 생기가 없었다. 궁상스러운 얼굴은 나를 더 우울하게 했다. 경의중앙선을 탔다. 가방에는 작은 노트와 볼펜 두 자루가 있었다. 달리는 전철에서 끄적이는 것도 괜찮겠다 싶었다. 찬바람을 탄 얼굴은 뻣뻣했다. 얼굴이 가려워 볼펜 잡은 손으로 얼굴을 긁었다. 노트에 떠오르는 짧은 단상들을 썼다. 그것은 나의 오랜 습관이었다. 볼펜 잡은 손이 빠르게 움직일수록 점점 기분이 나아졌다. 중앙선은 몇 개의 굴속을 지나 지상으로 달렸다. 그때서야 립스틱도 안 바르고 나왔다는 것이 생각났다. 창피한 줄도 모르고 새끼손가락에 붉은 립스틱을 조금 묻혀 발랐다. 차창 밖으로 보이는 산과 들에는 잔설이 남아 있었다.

나에게 청춘이라는 시절이 있었을까? 떠오르는 것은 한심한 장면들뿐이다. 이런저런 생각에 갑자기 눈물이 핑 돌았다. 여기서 눈물이 나오면 안 될 터이다. 눈꺼풀을 껌뻑이며 눈물을 말렸다. 고개를 들어 눈동자를 움직였지만 다행히 나를 보는 사람은 없었다.

군데군데 비었던 자리가 어느새 승객들로 채워졌다. 볼펜을 움직이는 사이 팔당이란 안내방송이 나왔다. 휴대전화를 꺼내 노선을 다시 확인했다. 회기역에서 1호선으로 갈아타서 다시 신설동에서 2호선으로 갈아타야 한다. 한 번에 청량리역에서 목적지까지 걸어갈 수도 있겠지만 세월이 흐른 지금 길을 잘못 들 수도 있을 터이다. 미련하게 나는 두 번의 환승을 선택했다.

　나는 온수기에서 반쯤 마신 캔에 뜨거운 물을 섞는다. 캔은 만질 수 없이 뜨겁다. '어린아이는 뜨거운 물조심'이라는 문구가 붙어 있었다. 편의점은 일요일인데도 사람들이 제법 들락거렸다. 머리를 노랗게 물들인 젊은 여자가 애완견을 데리고 들어온다. 우주형 이동식 캐리어가방 안에는 작고 귀여운 포메리안이 얼굴만 빼꼼히 내밀고 있다. 크고 까만 눈망울을 가진 갈색의 포메리안이었다. 가방 속에 있는 강아지를 보며 온수를 부은 캔 커피를 한 모금 마셨다. 커피머신 앞에서 노랑머리가 냉커피를 만들 수 있느냐고 알바생에게 묻는다. 알바생은 커피머신, 위에서 3번째를 누르라고 말한다. 얼음은요? 얼음이 자동으로 나온다는 것을 안 노랑머리가 거침없이 버튼을 누른다. '우두둑우두둑' 얼음 쏟아지는 소리가 요란하다. 나는 노랑머리가 아이스커피를 뽑아 사라지는 것을 우두커니 바라보았다.
　얼마 전, 집에서 키우는 대형견 세 마리 중 두 마리가 죽었다. 사람이나 짐승이나 나이를 먹으면 죽는다. 마음이 쓰리고 아팠다. 한동안 그랬다. 마지막 한 마리도 오래 살 것 같지 않다. 그가 집착하던 개들이 모두 가면 그는 한동안 우울해할 것이다. 잠시 이런 생각을 해 보았다. 마지막 한 마리도 가고 나면 행복지수 꽝인 그와 홀가분하게 여행이나 했으면 좋겠다는 생각. 그를 위해서 뿐만은 아니었다. 나를 위해 함께 할 수 없었던 세월에 대한 보상심리인지도 모른다. 벽이 되어버린 그의 방문 속에는 빨갛고 노란 이불이 펴져 있다. 봄날 같은 색이었다. 우중충한 색깔보다 환한 기운을 받으라고 선택한 나의 배려였다. 그는 내 깊은 뜻을 알까? 나는 또 이런 상상을 해 보았다. 그가 좀 더 늙고 병들면 나를 아프게 했던 세월에 대해 사과받기를 원한다고, 목소리 톤을 낮추고 말할는지 모른다. 나약해진 그는 눈물을 흘릴지 모르겠다. 나에 대한 참회인지, 자신을 힘들게 했던 스스로의 서러움인지 그것은 모를 일이겠다. 그럴 때 변변치 못한 인생 사느라 애썼다고 나는 말할 수 있을까? 염치없는 그는 지금도 말한다. 삶이 그런 거라고. 인생은 다 그런 것이라고. 인생 달관한 사람처럼 뻔뻔하게 인생을 들먹이며 합리화시키려 한다. 50대 초반 처음으로 몸싸움을 심하게 했다. 그에게 모욕적인 말을 퍼부어댔다.

x새끼, 나쁜 새끼. 내가 니 종이냐.

소리를 지르며 여러 차례 욕을 했던 것 같다. 십 년 묵은 체증이 뚫리는 것 같았다. 그때도 그의 방문은 닫혔다. 아마도 한 달 정도이었을 것이다. 욕을 못 하는 것이 아니라 그동안 안 했을 뿐이다. 아, 드디어 나는 몰상식한 여자가 되고 말았구나. 그렇게 쌍욕을 하다니. 생각했지만 시원하면서도 가슴이 두근거렸다.

나는 남자가 건네준 볼펜을 받으며 고맙다고 말한다. 회기역에서 여학생에게 얻은 볼펜이었다. 볼펜이 없으면 그만인 것을 나는 왜 굳이 볼펜을 얻으려 했을까.

전철 안에서 쓰고 있던 볼펜이 나오지 않았다. 가방을 뒤적여 또 한 자루의 볼펜을 꺼냈지만, 그것도 나오지 않았다. 너무 오래 쓰지 않아 볼펜 심이 막혔나? 볼펜 심을 노트에 박박 그었다가 나선형으로 돌려다가 이리저리 해보았지만 두 자루의 볼펜은 더 이상 나오지 않았다. 황당했다. 무슨 연유에서인지 가끔 나는 병적으로 볼펜에 집착을 했다. 왼쪽에 앉아 있는 아가씨는 이어폰을 꽂고 졸고 있었고, 오른쪽에 앉아 있는 아가씨는 다리를 꼬고 엄지손가락으로 휴대폰 화면을 계속 스크롤하고 있었다. 그녀 무릎에는 아주 작은 숄더백이 놓여 있었다. 왠지 볼펜이 없을 것 같았다. 혹시 학생들이 그룹으로 타지 않을까 기대를 했지만, 그런 일은 없었다.

회기역 개찰구 밖 의자에는 베이지색 코트 차림의 여학생이 앉아 책을 읽고 있었다. 학생인지 아가씨인지 외모만으로 쉽게 가늠할 수 없었다. 옅은 화장을 한 그녀에게 나는 학생이라고 불렀다. 학생, 가지고 나온 볼펜이 안 나와서 그러는데 볼펜 한 자루만 얻을 수 있을까요. 어디에서 쉼표를 찍어야 할지 모르는 사람처럼 숨이 가빴다. 여학생은 볼펜 한 자루를 스스럼없이 내밀었다. 나는 받아들고 부끄러워 빠른 걸음으로 다시 비상구를 통과해 들어왔다. 앉은 곳이 겨우 수많은 사람들이 오가는 역전 의자였다. 1호선으로 갈아타는 것을 미루고 창가에 앉았다.

오가는 사람들의 분주한 발자국 소리와 웅성거림이 뭉그러지듯 하나로 어우러졌다. 나는 이동하는 사람들을 등지고 밖을 향해 앉았다. 통유리창 아래로 기찻길이 쓸쓸히 놓여 있었다. 집안의 무거운 기운이 밀려왔지만 잊으려 했다. 기차를 타고 싶다는 생각을 했다. 배에서 꼬르륵 소리가 났다. 속이 출출했으나 아침에 무엇을 먹었는지 기억하려 하지 않았다. 그때 어디선가 자지러지는 여자의 웃음소리가 들렸다. 참 특이한 웃음소리였다. 나도 모르게 뒤를 돌아보았다. 바글바글하게 파마머리를 한 아줌마 셋이 이야기를 하고 있었다. 까르르 굴러가는 웃음소리가 또 들렸다. 참 웃기는 웃음소리였다. 나도 모르게 큭, 하고 웃음이 나왔다. 낯선 사람들 틈에 노인처럼 앉아 그들의 웃음소리에 웃으리라는 생각은 단 한 번도 해 본 적이 없었다. 나는 힘없이 장갑의 보풀을 떼며 끝이 보이지 않는 레일 끝을 바라보았다. 멀리 멀리 떠나고 싶었다. 청량리에서 출발하는 기차가 쏜살같이 지나갔다.

두 번의 환승을 머릿속에 입력하며 터덜터덜 1호선으로 갈아타기 위해 회기역 계단을 내려갔다. 목적지는 신답역이었다. 또 다시 신설동에서 갈아타야 한다. 신설동역 통로는 좁고 길었다. 오래전 친구들과 외국 여행을 한 적이 있었다. 런던 지하철역의 통로도 좁고 길었다. 기차 시간을 맞추기 위해 지하철역 통로를 뛰었던 기억이 난다. 나는 환승이라는 형체 없는 단어에 묘한 매력을 느낀다. 기차, 떠난다, 여행한다, 라는 연상단어가 떠오른다. 환승……. 노선 등을 바꾸어서 갈아타는 것. 갈아타다, 의 타동사가 바꾸다, 라는 능동적 개념으로 다가온다. 환승이란 단어에 남편의 얼굴이 겹쳐진다.

'딸랑' 종소리가 난다.

젊은 여자가 생수와 우유를 사 가지고 나간다. 편의점에는 남자와 나 단 둘뿐이다.

이 동네 사셨던 분인가 보죠. 그가 나에게 물었다. 남자는 이 동네 사람이 아니었다. 동생하고 통화하는 소리를 들은 것 같았다. 나는 예전에 이곳에 살았으며, 이 자리가 구멍가게 자리였다고 남자에게 말했다.

편의점 바로 옆에는 찐빵과 만두를 팔던 가게가 있었다고, 신답역 쪽에서 걸어 오면서 나는 그곳을 들여다보았다고 말했다. 낡은 손바닥만 한 창문이 나 있었다. 테이블 몇 개가 있는 것으로 보아 식당으로 바뀐 것 같았다. 먹을 것이 귀한 시절 큰 무쇠솥의 뚜껑을 열면 하얗게 피어오르던 김이 무쇠솥에 하나 가득 차오르던 것을 나는 아직도 기억한다. 설탕을 찍어 먹던 찐빵은 맛이 그만이었다. 이런 이야기들을 왜 낯선 남자에게 하는 것인지, 수다스러워지는 것인지 모르겠다. 남자가 빙그레 웃는다. 편의점의 종소리는 잊을 만하면 울리고 또다시 잊을 만하면 울리기를 반복한다. 알바생이 작은 박스를 들고 테이블 쪽으로 걸어온다. 다행히 팩 종류의 커피를 진열하고 아무 말 없이 계산대로 간다.

남자가 나머지 캔 커피를 흔들어 딴다. 남자의 하얀 운동화 끈을 보며 나는 내 낡은 운동화를 내려다본다. 어렸을 적 고무신을 신던 나는 운동화 한 켤레를 사면 머리맡에 두고 잤다. 흙 묻히기도 아까워서 신지 못하던 시절이 있었다. 김이 모락모락 나는 찐빵 팔던 가게도, 과자를 팔던 구멍가게도 이제는 먼 과거의 이야기가 되었다.

언니, 답십리를 승용차를 타고 지나가는데 고층아파트가 들어섰더라. 대로가 뚫리고 사거리가 넓어져서 동네가 몰라보게 변했어.

나는 동생이 말한 만큼만 듣고 막연히 친정 동네는 변해 있을 것이라고 생각했다. 아니었다. 완고한 남편만큼이나 친정 동네는 변한 것이 없었다.

남자가 캔 커피를 다 마시고 캔을 찌그러뜨린다.

집 앞 골목에서 친구들과 고무줄놀이, 딱지치기, 망까기, 구슬

치기, 땅따먹기를 하던 어린 시절이 떠오른다고 하자, 남자도 같은 세대인 듯 얼굴이 환해진다. 술래잡기를 하던 좁은 골목들을 둘러보았다. 친구네 집 뒤 우물가는 평평한 땅으로 되어 있었다. 아이들은 우물가를 빙빙 돌며 숨바꼭질을 했다. 뜀박질하는 아이들의 환영이 떠올랐다. 발자국소리가 '다다다닥' 들리는 듯했다. 미로 같은 골목이었다. 기울어진 대문은 사람이 사는 곳인지 의심스러웠다. 나는 좁은 골목의 벽과 벽 사이에 양손을 짚고 다리를 벌려보았다. 어깨 넓이보다 조금 더 벌어졌다고 말하는 부분에서 남자가 '꽤 감상적이시군요', 하고 한껏 고개를 젖히고 웃는다.

큰 길가에 있는 친정집은 비록 단층이지만 땅 면적이 있었다. 자수성가한 아버지가 지은 단층짜리 박스형의 콘크리트 건물이었다. 건축업을 하던 아버지는 점포를 이발소와 오토바이 가게로 세를 주었다. 형편이 좋아지면 2층을 올릴 것이라고 했다. 이상하게도 친정집만큼은 조금 낡았을 뿐 예전 모습 그대로였다. 시간이 멈춘 듯했다. 아직도 오토바이 가게는 업종도 변경하지 않고 기름때가 찌든 가게로 남아있다. 일요일이라 가게의 문은 닫혀있었다. 사람들은 그림자도 안 비친다. 얼룩진 유리창에는 검은색과 빨간색으로 오토바이 수리센터라는 글씨가 큼지막하게 새겨져 있었다. 그때도 센터였나? 아마 가게였을지 모른다.

편의점에 들어오기 전, 큰언니에게 전화를 했다. 언니가 해방둥이니까 최소한 칠십 년은 넘은 동네라고 했다. 일제 강점기 때지은 사택이라는 말도 덧붙였다. 지금 친정 동네에 와 있다고 말하자 언니는 일요일인데 그곳은 뭐 하러 갔느냐고 이것저것을 물었다. 나는 동네가 하나도 변한 것이 없다고, 어쩌면 옛 모습 그대로인지 모르겠다고 말했다.

얘, 징그럽다.

언니는 단번에 그렇게 말했다. 날카로운 무언가가 가슴을 긋고 지나가는 것만 같았다. 이곳은 부모님이 계셨고 우리 남매들이 자란 고향 같은 곳이었다. 친정 동네는 이제 보잘것없는 빈촌이 되어 있었다. 내가 살던 이곳을 빈촌이라고 말하고 싶지 않다. 그냥 달동네라고 부르련다. 달동네라 함은 보통 계단이 많은 것이 특징인데 이곳은 사실 계단이라고는 서너 계단이 전부이다. 달동네가 나를 위축시켰다. 나의 민낯을 보는 것만 같았다.

깔끔하게 변해버린 동네를 한 바퀴 돌며 옛 흔적을 찾아보리라 생각했던 건 나의 잘못이었다. 예전에는 달동네라고 할 것까지는 없었다. 다들 어렵게 살았으니까. 이제는 화면 속에서나 볼수 있는 흑백사진과 같은 동네가 되어 버렸다. 이곳에는 반듯한곳이 하나도 없다. 삐뚤어지지 않으면 들떠있다. 시멘트를 덕지덕지 바른 곳도 있다. 툭 치면 주저앉을 것 같은 지붕들이다.

편의점에 들어오기 전 나는 마지막으로 내가 살던 집을 기웃거렸다. 스테인리스 대문을 두드려 볼까 하다 그럴 필요까지는 없었다. 한 번 더, 뿌연 기름때가 묻은 차가운 유리창에 이마를 대고 들여다보았다. 그리고 까치발을 들어 보이지 않는 옥상을 올려다보았다. 난간도 없는 거친 콘크리트 계단은 한 사람이 겨우 올라갈 수 있는 정도였다. 계단을 자주 오르내리던 부모님과 식구들의 환영이 보인다. 어머니는 옥상에 빨래를 널러 자주 올라가셨다. 장대로 받혀 올린 빨랫줄이었다. 하얀 이불 홑청이 공중에서 바람을 타고 너풀거리는 모습이 보이는 듯했다.

이상하다. 남자를 어디에서 본 듯하다. 어디에서 보았을까. 회기역에서 서성거리던 그 남자……. 아니면 중앙선을 타고 올 때 같은 칸에 탔던 사람 같기도 하다. 남자의 모자와 검은 안경테를 보며 나는 고개를 갸웃거렸다. 어디서 보았을까? 남자는 이야기 내내 짧은 긍정문으로 대답했다. 나에게 사모님이란 호칭을 썼을 때 조금은 어색했지만, 대화는 이어졌다. 캔 커피를 들고 있는 남자의 손은 도시적이지 않았다. 편의점에는 여전히 손님들이 드나들었다. 알바생은 틈틈이 휴대전화 화면을 들여다보고 있다. 오래 앉아 있어도 눈치를 주지 않아 다행이다. 발끝이 얼었다 녹은 탓인지 근실거린다. 낡은 운동화 속의 발가락을 움찔거렸다. 남자의 옷차림은 평범했지만 하얀 운동화 끈만큼이나 단정하다. 발목에 찬바람이 돈다. 남자의 시선이 내 낡은 운동화에 머문다.

급하셨나 봅니다.

…….

나는 그때서야 한쪽 양말이 내려와 있다는 것을 알았다.

그냥 빨리 빠져나오고 싶었어요.

나는 남자에게 밑도 끝도 없이 말했다. 그는 뭔가 생각하더니 고개를 끄덕인다.

어느새 밖은 어두워졌다. 또다시 쿠션도 없는 낡은 운동화를 저벅거리며 오던 길로 돌아가야 한다.

Y역까지 가시려면 고생이 많으시겠습니다.

남자가 말한다.

불빛이 하얗게 배어 나오는 CU편의점 앞에서 남자와 나는 각자의 길로 돌아섰다.

이상한 일이다. 나는 남자에게 Y역에서 왔다는 말을 한 적이 없었다.

아, 이제 생각난다. Y역 대합실에서 음료수를 빼려다 지갑을 떨어뜨렸던 60대 초반의 남자.

그렇다면……?

그날, 하루

누가 보낸 것일까?

전시장 안에 들여놓은 선인장을 물끄러미 쳐다보았다. 리본에는 개인전을 축하합니다, 라고 씌어 있을 뿐 도무지 짐작 가는 이가 없었다. 선인장에는 빨간 꽃이 앙증스럽게 피어 있었다. 축하 화분으로 선인장을 보낸다는 것은 거의 드문 일이었다. 보내는 이는 S, 라고만 적혀 있었다. S가 대체 누구일까? 나는 고개를 갸웃거렸다. 35평의 전시장에는 밤사이 묵은 공기가 꽉 들어 차 있었다. 오늘은 전시 6일째이고 실질적으로 개인전 마지막 날이나 마찬가지다. 서둘러 전시장 문을 활짝 열고 들여놓았던 화분들을 밖으로 내어놓았다. 봄의 끄트머리인 5월의 아침은 상쾌하다. 그동안 중앙선을 타고 인사동 미술관으로 향하는 발걸음은 가벼웠다. 드디어 해냈다는 성취감으로 뿌듯했다.

양쪽 유리문에 포스터 효과를 내기 위해 여러 장 붙여놓은 엽서가 밤사이 습기를 먹은 탓인지 떨어질락 말락 하고 있다. 스카치테이프로 들뜬 엽서를 다시 붙였다. 도록과 방명록을 정리하고 실내를 환기시켰다. 경인미술관 5관은 개인전을 하기에 크지도 작지도 않은 알맞은 평수이다. 이번 전시 작품은 테라코타로 빚은 인체도자와 도벽작품들이다. 전시장 벽에는 3쪽짜리 액자가 나란히 걸려있다. 나는 벽에 걸린 액자를 힐끔 쳐다보았다. 손바닥만 한 타일을 수십 장 제작해 만든 작품이었다. '25시간 동안의, 하루' 라는 작품 속에는 주로 바닷가의 풍경이 등장한다. 기억의 단편들이 스멀스멀 피어오른다. 작품 속에는 강릉행 무궁화호 기차티켓, 하얗게 밀려오는 포말, 모래사장에 찍힌 발자국, 검은 바윗돌 위에 부리가 뾰족한 갈매기가 앉아 있기도 하고, 날기도 한다. 바다를 배경으로 한 작품은 주로 스카이블루와 화이트톤의 색상이 주를 이룬다. 하얗게 밀려오는 포말처럼 그날의 기억들이 밀려든다.

그와 헤어지던 아침. 햇살은 따스한 기운이 감돌았다. 우리는 아무도 없는 정동진역 작은 대합실에서 나란히 앉아 있었다. 그의 표정은 전날 소주잔을 비우며 밝게 웃던 모습과는 달랐다.
홍 선생, 우리 또 만날 수 있을까?
그는 자신의 발을 내려다보며 작은 목소리로 물었다. 나는 소리 없이 빙긋 웃었다. 그는 곧 프랑스로 날아갈 것이다. 우리는 서로가 만날 가능성이 희박하다는 것을 이미 잘 알고 있는 터이다. 그는 내 손을 잡으며 혼자 이곳에 있고 싶지 않다고, 주문진으로 갈 것이라고 했다. 표정은 무척 쓸쓸해 보였다. 그의 표정에 전염되듯 나도 우울해지려 했다. 태연한 척, 애써 웃어보였다. 그도 입 꼬리를 들어 올리며 만나서 반가웠다고 악수를 청했다.

우리 쿨하게 만나고 쿨하게 헤어지는 거 맞죠?

어색한 순간을 넘기기 위해 나는 밝은 목소리로 말했다. 그가 고개를 끄덕였다. 짧은 시간이었지만 그와 많은 것을 공유한 듯했다. 이별이라는 순간이 이런 것인가 생각할 때 그가 나를 슬며시 안아주었다.

그동안 송은호의 소식은 페이스북에서 언제라도 알 수 있었다. 그는 한국에서 두 차례의 개인전을 열었을 뿐 알려진 작가는 아니었다. 오래전 매달 구독하는 잡지 뒷면에 작품과 함께 서너 줄의 리뷰가 실렸을 때 혹시 그 사람이 아닐까, 생각 했을 뿐 '그'라는 확신은 없었다. 그의 성은 알았지만 이름은 몰랐기 때문이다. 그 후 몇 년이 지나고 아트잡지 양면에 커다란 작품과 함께 그의 사진이 실렸을 때 나는 내 눈을 의심하지 않을 수 없었다. 스페셜 아티스트에 송은호라고 소개하고 있었다. 카메라 초점을 피해 다른 곳을 바라보고 있는 작가는 분명 그였다. 특히, 작품에 손을 얹고 있는 굵은 마디의 손가락은 그를 떠올리기에 충분했다. 나는 놀란 눈으로 잡지의 사진을 뚫어지게 들여다보았다. 청바지에 검은 티를 입고 있는 사람은 분명 그였다.

그는 지금 쯤 프랑스 땅에 있을 것이다. 몇 년 전 이번 전시회는 한국에서의 마지막 고별전이라고 했다. 그리고 전시회가 끝나면 프랑스로 다시 돌아갈 것이라고 페이스북에서는 말하고 있었다.

나는 책상 위에 도록과 엽서를 만지작거리면서도 그때의 추억 속에 젖어 들었다.

바닷가 포장마차에서 소주병을 비우며 그는 자신의 이야기를 했었다. 고국을 떠나 프랑스 남부에서 살다 잠시 들어온 것이라고, 그곳에서 지낸 대부분의 시간은 외부와 철저히 단절된 은둔의 시간이었다고, 혼자만의 시간 속에 갇혀있다 보면 세상 밖으로 뛰쳐나가고 싶다고 했던 말을 나는 기억한다. 송은호의 작품은 일반적인 조각하고는 달랐다. 제련소나 조선소 같은 현장에서 용도 폐기된 쇳덩이를 찾아내 비정형의 물질을 발견하고 이것을 끌어내서 스튜디오로 가지고 오는 것이 작업의 출발점이었다. 나는 정동진 바닷가에서 오뎅국물을 떠먹으며 보았던 그의 굵은 마디의 손가락을 기억한다. 노동으로 다져진 몸은 단단해보였다. 작품을 하며 보내 온 세월이 깊어서일까, 표정이 지나치게 차분하다 생각했다. 나는 조각에 대해서 깊은 상식은 없지만 인체 도자작업을 하므로 그의 말에 공감하듯 고개를 끄덕였다. 도자 작업도 반은 노동이었다. 예술이란 결과물이 나올 때까지 노동은 필연적으로 따르기 마련이었다. 그것만으로도 우리는 어느새 오랜 친구처럼 스스럼없이 이야기를 나누었다.

컴퓨터 화면에 보이는 송은호, 그의 작업실은 남부 어느 지역에 있었다. 파리 리옹 역에서 승용차로 한참을 달려야 그의 작업실이 나온다. 시야가 탁 트인 하늘 아래 펼쳐진 풍경은 척박하고 황량했다. 사막도 아니고 산도 아닌 어느 행성 같았다. 보이는 것이라고는 흰색에 가까운 밝은 석회암과 자갈 돌 그리고 사람 허리 높이의 관목과 잡초뿐. 사방에는 집이라곤 단 한 채도 없었다. 그나마 군데군데 포도밭이 있어서 간신히 사람 흔적을 더듬을 수 있었다. 이처럼 반경 수 킬로미터 안에 사람이 사는 집이라고는 송은호, 그의 작업실뿐이다. 실내는 군더더기 하나 없이 탁트인 공간에 북쪽과 남쪽으로 큰 창문이 나 있다. 넓은 전시장에는 그의 작품인 금속 덩어리들이 군데군데 놓여 있었다. 도대체이것이 무엇일까. 나는 컴퓨터 화면을 확대해서 자세히 들여다보았다. 그의 말대로 조각이라고 단정 짓기는 어려웠다. 비정형화된 작품은 특정 장르나 카테고리로 묶을 수 없었다. 그는 포장마차에서 소주병을 비우며 알아듣기 쉽게 조각가라고만 말했던 것 같다. 나는 화면에 나타난 작품설명을 읽었다. 뜨거운 용광로에서 흘러나와 굳어버린 찌꺼기 또는 철, 티타늄, 구리, 알루미늄, 니켈 같은 순도 높은 금속 덩어리가 곧 작품이 된다고 했다. 독특한 색채의 질감이었다. 황동은 금빛과 어두운 그림자를 동시에 내뿜고, 철은 검붉게 녹슬고, 알루미늄은 깊은 잿빛 광채를, 니켈은 짙은 녹색으로 산화된 듯 보였다. 어떤 것은 공장에서 선뜻 팔려고 하지 않는 녹아 흘러나온 금속 그대로 꾸역꾸역 작업장으로 옮겨서 인위적으로 변형을 가하지 않는다고, 기껏해야 표면을 갈고 닦는 정도라고 했다. 또 다른 작업방식은 800~1100℃ 고온에서 용해된 액체 상태의 금속을 원통형 틀에 던져 뿌려서 형태를 만들어 식으면 틀에서 떼어내 이것을 겹치기도 하고 때론 둥글게 말린 형태를 그대로 둔다고 했다. 테라코타 작품도 그 정도의 온도에서 소성을 한다. 송은호는 이런 조각덩어리를 자연의 단편이라 했다. 화면에 비친 그의 표정은 포장마차에서 도넛 모양의 담배연기를, 장난스럽게 뻐끔뻐끔 내뿜던 모습과는 사뭇 달랐다.

그를 만난 것은 5년 전 어느 해 겨울이었다.

나는 작은 손가방 하나를 꾸렸다. 계획된 것은 아니었다. 떠나고 싶다는 생각을 실천으로 옮겼을 뿐이었다. 작업장에서 그리 멀지 않은 Y역……. 가장 쉬운 방법은 기차를 타는 것이었다. 어느새 사십을 바라보는 나는 일상의 단맛도 쓴맛도, 삼키기엔 속이 울렁거렸다. 작업에만 매달려 온 나는 한쪽 가슴이 서늘했다. 종종 파도가 튀어 오르는 넓은 바다가 눈앞에 아른거렸다.

Y역의 대합실은 복잡했다. 좌석이 몇 개 안 되는 좁은 대합실은 전철과 기차를 이용하는 사람들로 뒤섞였다. 초조함과 설렘이 뒤섞인 마음으로 전광판의 기차시간표를 올려다보았다. 손에 쥔 티켓에는 2호차 55번이라고 적혀있었다. 기차에 탑승해 티켓의 번호를 확인하며 천천히 자리를 찾았다. 기차 안은 비교적 차분했다. 출발을 청량리에서 했으므로 드문드문 빈자리가 주인을 기다리고 있었다. 55번은 창문 쪽 좌석이었다. 56번 좌석에 남자가 앉아 있었다. 바로 옆자리에 남자가 있다는 사실이 조금은 불편했지만 그의 앞에서 머뭇거렸다. 남자는 책을 읽다 말고 나를 올려다보았다. 티켓을 들고 저, 제 자리가 55번……. 남자가 아, 네라고 짧게 대답하며 자리를 비켜주었다. 좌석에 앉아 어정쩡하게 손가방을 무릎에 올려놓고 있을 때 남자가 슬쩍 쳐다보았다. 짐을 위에 올려드릴까요? 남자는 대답도 할 사이 없이 가방을 번쩍 들어 짐칸에 올려주었다. 나는 어색한 미소를 지으며 고맙다고 예의 바르게 말했다. 그때서야 나는 목도리를 풀고 편안한 자세로 앉을 수 있었다. 웨이브 진 곱슬머리가 분위기 있게 어울리는 남자였다. 강릉행 무궁화호는 목적지를 향하여 달렸다. 4시간 후면 바다가 보이는 정동진역에 도착할 터이다.

창가로 들어오는 햇살은 출발할 때와는 달리 마음을 안정시켰다. 멍하니 눈부신 햇살을 바라보았다. 목적지 없이 내리고 싶을 때 내리고, 타고 싶을 때 언제라도 탈 수 있는 기차였으면 좋겠다는 현실성 없는 생각을 잠깐 했다. 혼자 작업을 하다보면 지치고, 외로울 때가 있었다. 신선한 바람을 쏘이며 머릿속을 비우고 싶었다. 남자는 책을 읽고 있었다. 햇빛에 눈이 시렸지만 남자가 책 읽는 것을 방해하고 싶지 않았다.

커튼을 치셔도 됩니다.

목소리가 차분한 사람이었다. 나는 빙긋 웃으며 붉은색 커튼 자락을 잡아당겨 들어오는 햇빛을 가렸다. 남자는 이내 책을 덮고 눈을 감았다. 거칠고 굵은 마디의 손가락 사이로 프랑스의 철학자 볼테르의 이름이 들어왔다. 그의 철학소설 『깡디드 candide』라는 책이었다. '여전히 세상 모든 게 최선으로 돌아가고 있다고 믿으십니까? 청년 깡디드가 노예선 선원으로 전락한 스승 팡글로스를 우여곡절 끝에 만나 이렇게 묻는다. 앞으로 살날이 많은 나에게 최선이란 어떤 것인가. 나는 과연 최선을 다했다고 볼 수 있을까. 어떻게 해야 최선을 다했다고 말 할 수 있을까.

커튼 사이로 스쳐지나가는 풍경을 바라보았다. 낯선 사람과 나란히 앉아 몇 시간을 가야한다는 것이 불편했지만 그건 누가 앉아도 마찬가지일 터이다. 오히려 아무 말 없이 가는 남자가 나을지도 몰랐다.

주희야.

고등학교 동창인 경애가 오전 일찍 전시관의 문을 열고 들어온다.

바쁠 텐데 뭐 하러 또 왔어.

전시회 성과는 좀 있었니?

성과……?

나는 그녀를 쳐다보며 씽긋 웃었다. 전시회라는 것이 어떤 결과를 정해놓고 하는 것이 아니었다. 그동안 작업해 온 작품을 발표한다는 생각으로 개인전을 가졌다. 뜻하지 않게 좋은 성과가 나오면 더 이상 바랄 것이 없지만 기대가 크면 실망도 큰 법이었다. 개인전도 하나의 중독성인 듯했다. 작품이 어느 정도 모이면 발표해야 한다는 어떤 의무감이 생긴다. 삼 년만의 개인전이었다.

참, 밖에 빨간 꽃이 핀 선인장이 있던데 누가 보낸 거야? 축하 화분은 주로 난 종류를 보내던데…….

경애는 특별하다는 듯 선인장을 손가락으로 가리켰다.

글쎄, 나도 모르겠어. 차 한 잔 줄까?

경애는 제과점에서 산 빵을 내려놓는다. 그녀는 커피를 타는 사이 전시장을 둘러보았다. 디스플레이 할 사람이 없어 난감해하던 나에게 무사히 전시회가 끝나가는 것을 축하해 주었다. 경애는 나를 가장 잘 아는 친구이다. 사실 내 형편에 인사동에서 전시회를 한다는 것은 무리였다. 두 달째 집세를 못 내고 있었기 때

문이다. 집 주인도 집세를 받아 생활하는 사람이라고, 이번 달에
는 꼭 입금해 달라고 부탁했다. 몇 달 동안은 보증금으로 버텼다.
이번에 집세를 못 내면 거처를 작업실로 옮겨야 할 형편이다.

주희야, 너 참 대단하다. 늦게 시작해서 여기까지 온다는 건 아
무나 할 수 있는 게 아니야. 그것도 인사동에서.

그랬다. 사실 전공도 안한 내가 여기까지 온다는 것은 용기가
필요했다. 가시 돋친 선인장을 무연히 바라보았다. 모래 위에 사
막처럼, 척박한 땅 위에 짓는 집. 그것이 나의 창작생활이었는지
모른다. 나는 백에서 휴대전화를 꺼내 미처 켜지 못한 듣기 좋은
팝송을 눌렀다. 경애는 황토빛깔의 작품과 잘 어울리는 음악이라
고 만족한 표정을 짓는다. 그녀는 내가 어떻게 생활하는지 무척
궁금했던 모양이다. 생활하는 데는 괜찮은지 물었다. 나는 고개
를 끄덕이며 그럭저럭, 이라고 대답했다. 대관료가 얼마인지 그
녀가 조심스럽게 물었다. 일주일 대관하는데 얼마라는 말에 그녀
는 깜짝 놀라는 기색이었다. 걱정하지 마. 대관료는 나왔으니까.
이미 사무실에 올라가 계산 끝냈어. 전시회 끝나면 우리 한 번 진
탕 마셔보자, 나는 내심 그녀의 걱정을 덜어주기 위해 호기롭게
말했다. 경애는 안심이라는 듯 사온 빵을 내게 슬그머니 내민다.
사실 유명인이 아니고서야 창작 활동하는 대부분의 사람들은 어
렵기는 마찬가지일 터이다. 빚만 지지 않으면 다행이었다.

생활자기는 좀 팔려?

웅, 조금.

P한테는 전혀 연락 없니?

남편 P와 살면서 목적 없는 사막을 걷는 기분이었다. 결혼생활의 정체성이 무엇인지도 모른 채 산다는 것이 고통이고 무의미했다. 하루에 한 마디도 입을 떼지 않는 그와 한 공간에 있다는 것은 심신을 지치고 외롭게 했다. 책을 읽다가도 그 멍한 시간들 앞에 무기력해졌다. 그렇다고 늘 아니하게 퍼져있던 것만은 아니다. 외로운 만큼 더욱 더 작업에 매진했다. 그는 더욱 더 나를 압박해왔다. 작업에 빠져있는 나를 이해해 달라고 말하고 싶지는 않았다. 그럴 필요성을 못 느꼈다. 오로지 내가 할 수 있는 것은 도예작업뿐이었다. 도자조각에 빠져 작품생활에 집착하는 것이 불행인지, 다행인지 모를 일이었다. 꾸준히 하는 작품생활은 성취감도 느꼈다. 무료하지 않게 하루하루를 살았다. 한 지붕 두 가족이라는 좁힐 수 없는 부부생활이 누구에게도 노출되지 않은 채 흘러갔다. 무늬만 부부인 채로 살아간다는 것은 한 번밖에 없는 인생에 설명할 수 없는 괴로움이었다.

저 작품이 그 작품이니?

경애의 말에 나는 소리 없이 빙긋 웃었다.

애, 부럽다. 난 언제나 싱글이 될까. 사는 게 지겨워.

그녀는 깔깔거리며 너스레를 떨었다. 그녀에게 월간 『도예』 5월호를 내밀었다. 책 속에 이번 개인전 광고가 두 페이지 실려 있었다. 그녀는 친구가 잡지에 실렸다며 진심으로 축하해주었다. 다음 달 호에는 잡지 뒷면에 전시한 리뷰가 실릴 것이다. 경애가 타일 하나하나를 눈여겨보는 사이 나는 잠시 그날로 돌아갔다.

달리는 기차의 철커덩 철커덩거리는 분절음은 멀고도 깊은 생각으로 빠져들게 했다.

설핏 잠이 들었다.

망망대해에 작은 배를 타고 두려움에 떨고 있는 내가 있었다. P가 멀리서 차가운 눈초리로 보는 듯도 하고, 무덤덤하게 바라보다 빙그레 웃는 듯도 했다. 나는 그에게 살려달라고 손짓을 했다. 배는 어디론가 자꾸 자꾸 흘러갔다. 주위에 보이는 것은 아무것도 없었다. 지평선에서 밀려오는 파도는 수만 마리의 연체동물이 꿈틀거리는 것만 같았다. 에얼리언을 연상케 했다. 공포가 물밀듯이 밀려왔다. 갑자기 하늘에는 먹구름이 뒤덮였다. 집채만 한 검은 그림자가 나를 덮쳐 오는 것이 아닌가. 으악, 하고 꿈속에서 비명을 질렀다. 소스라치게 놀라 눈을 떴을 때는 이마에 식은땀이 맺혀 있었다. 그동안 이혼으로 인해 시달렸던 감정이 불안한 꿈을 불러일으켰는지 모른다. 결혼한 지 일 년 만에 아이를 임신했다. 아이는 낳은 지 한 달 만에 하늘나라로 떠났다. 인큐베터에서 꼬물거리고 있던 아이는 황달기가 심했다. P는 밖으로 돌았다. 안 들어오는 날이 허다했다. 나는 도예작업을 하며 마음을 달랬다. 살아보려고 노력했다. 조금만 더 살아보자고 스스로 달랬지만 피차 그것을 극복할 의지가 없다는 것을 확인하는 순간 우리는 7년간의 결혼생활을 정리했다. 배신감과 모멸감으로 가득했던 나날이었다. 열차는 일정한 음절을 내며 부드럽게 질주하고 있었다. 비로소 꿈에서 깬 나는 안도의 한숨을 내쉬었다. 56번 좌석은 비어있었다. 책이 그대로 있는 것으로 보아 남자는 잠깐 자리를 뜬 모양이다. 거꾸로 놓인 책을 내려다보았다. 습관적으로 책에 손을 댈 뻔 했다. 책은 나에게 무엇이었을까. 무료한 시간을 달래기 위해서? 공허한 시간들을 채우기 위해서였을까? 기차는 철커덩거리며 달렸다.

기차를 타본 것이 얼마만인지 모르겠다. 옆에 앉은 남자와 어디까지 가십니까? 라는 흔한 대화 한 마디 오고가지 않았다. 말을 하려면 어렵지 않게 할 수도 있겠지만 신경을 쓰고 싶지 않았다. '나'라는 주체에 충실하고 싶었다. 달리는 기차는 무료하지 않았다. 스쳐지나가는 들판에는 검은 빛이 물든 나무들이 서 있었고, 논에는 벼 밑동만이 남아 있었다. 산 위를 따라 하늘에는 하얀 뭉게구름이 흘러가고 있었다.

정동진역이 가까워 오자 남자가 내릴 준비를 하고 있었다. 저, 제 가방도 좀……. 나는 짐을 내리려면 최대한 까치발을 들어 올려야했다. 남자는 선뜻 짐을 내려주었다. 그때서야 서로 목적지가 같다는 것을 알았다. 남자와 나는 아무 말 없이 각자의 가방을 들고 내렸다. 바다와 인접해 있는 정동진역은 인상적이었다. 역에서 내리자마자 발아래 모래밭이 있었고 바로 눈앞에 드넓은 바다가 펼쳐졌다. 아, 하고 나는 감탄했다.

벤치에 가방을 내려놓고 하얗게 밀려오는 바다를 잠시 바라보았다. 심호흡을 크게 했다. 출발할 때의 불안감과 쓸데없는 잡념과 망상이 어느새 파도소리에 휩쓸려 저 멀리 꼬리를 감추었다. 아, 비릿한 바다냄새. 나는 눈을 감고 코끝으로 바다 냄새를 스캔하듯 훑었다. 가슴을 크게 들어 올려 비릿한 바다 냄새를 한껏 들이마셨다. 몸이 저릿저릿했다. 바다를 향하여 팔딱거리며 야호, 하고 소리를 지를 뻔했다. 역에 내린 승객은 몇 명 되지 않았다. 정동진역은 시골 역전답게 작고 소박했다. 비수기라 사람이 없다는 것이 마음에 들었다. 바다가 보이는 역 앞에 숙소를 정하기로 했다.

주인에게 처량 맞게 보이고 싶지 않았다. 바다가 보이는 전망 좋은 방이 있느냐고 조금 생기 있게 물었다. 주인은 일출을 볼 수 있는 전망 좋은 방을 준다고 생색을 냈다. 사실 비수기라 방은 넉넉할 터이다. 간판도 전망 좋은 모텔이었다. 작은 슈퍼를 통해 올라갈 수 있는 숙소는 깔끔하고 잘 정리되어 있었다. 갇혀있고 싶지 않아 손가방을 놓고 곧바로 내려왔다. 해변의 보도블록을 따라 걸었다. 출렁이는 바다는 우아한 곡선을 그리며 두 겹, 세 겹으로 밀려왔다. 철썩하는 파도 소리가 내 명치 끝을 건드렸다. 아

픈 건지 시원한 건지 분간할 수가 없었다. 얼마쯤 걸었을까, 마주
보이는 햇살을 받으며 긴 해변을 지나 소나무 숲이 조성된 공원
으로 올라갔다. 인적이 뜸한 작은 공원에서 누군가가 산책을 하
고 있었다.

주희야, 파도 소리가 들리는 것 같애.

경애는 작품에 귀를 기울이며 눈을 지그시 감았다. 그러다 가
슴을 싸잡으며 장난기 있게 어깨를 흔들었다. 경애의 모습이 너
무 우스워 나도 모르게 푹, 하고 웃음이 나왔다. 점토를 밀어 꾸
덕꾸덕 말린 다음 자르고 손이 움직이는 대로, 스케치도 없이 머
릿속에서 떠오르는 단편들을 그리고, 깎고, 덧붙이는 작업을 반
복했다. 말리고, 초벌을 하고 불러낸 이미지들에 도자물감으로
채색하고, 마지막으로 엷은 유백유를 발라 환원소성을 한 작품이
라고 그녀에게 설명했다. 작품 속에는 송은호가 있고, 머리카락
이 휘날리는 여인의 얼굴이 추상화처럼 바다 위에 떠 있다. 그와
25시간 동안의 하루였다. 단체전에서 누군가 말했다. 선생님 작
품에 물이 올랐어요. 그때 나는 조용히 미소 지었다. 취미로 시작
한 인체도조는 할수록 매력이 있었다. 근육을 보기 위해 거울 앞
에서 스스로 상체를 자주 벗었다. P에게서 벗어난 후, 나는 작업
에 더 집중할 수 있었다. 경애는 하얗게 이는 포말을 가리키며 행
복한 미소를 지었다. 나도 빙그레 웃으며 그날의 눈부신 햇살을

떠올렸다.

출렁이는 바다 위에 햇살이 눈부시게 떠있었다. 남자와 나란히 걸었다. 간간히 말을 섞었다. 햇살은 등 뒤를 비추었다. 따스한 기운이 감돌았다. 적당히 간격을 둔 두 사람의 그림자는 유난히 길게 드리워졌다. 걸음을 옮길 때마다 선명하고 긴 그림자가 앞서갔다. 무언가 어색하다 생각할 때 남자가 말을 걸었다. 생각보다 그리 춥지 않네요. 나도 아 네, 라고 짧게 대답했다. 내가 어색하듯이 남자도 어색한 듯했다. 남자가 빙그레 웃으며 패딩코트와 머리색깔이 참 잘 어울린다고 했다. 뒤에서 비치는 오후의 햇살이 그리 보이게 했는지 모른다. 적당한 말이 생각나지 않았다. 그 말에 호들갑을 떨 나이도 아니다. 멋쩍었지만 그냥 빙긋 웃었다. 나는 검정바지에 무릎까지 내려오는 회색패딩코트를 입고 있었다. 남자는 좀 낡아 보이는 청바지를 입고 공기가 들어간 파란색 패딩잠바를 입고 있었다. 옷차림과 등산용 신발을 신은 것으로 보아 여행을 여러 날 할 것 같은 차림이었다. 특별히 할 말은 없었다. 서로가 알맹이 없는 이야기가 오고갔다. 햇살을 받은 바다는 다이아몬드처럼 반짝였다. 남자와 나는 폭폭 들어가는 모래밭의 깊이를 느끼며 각자의 생각에 빠져 걸었다.

숙소는……. 그가 문득 생각난다는 듯 물었다. 역 앞이라고 했다. 그의 숙소도 역 앞이었다. 바다를 향하여 나란히 모래밭에 앉았다. 잠깐 말없이 바다를 바라보았다.

바다와 맞닿은 하늘은 짙푸르렀고 갈매기 떼가 무리 지어 끼룩거리며 군무를 추었다. 밀려오는 파도가 하얀 포말을 일으키며 검은 바위에 철석하고 부딪쳤다. 부서진 파도가 쏴쏴쏴 하며 밀려왔다 밀려 나갔다. 뭔지 모를 시원함이 전신을 통과했다. 무슨 생각을 하십니까? 아무생각 안 해요. 나는 너울거리는 바다를 바라보며 심호흡을 크게 했다. 속이 시원해요, 바다가 보고 싶을 때 언제라도 올 수 있고 바다 냄새를 맡으면 좋겠다는 말을 했던 것도 같다. 남자와 나는 한 사람이 말을 하면 한 사람은 고개를 가볍게 끄덕이는 것이 대화의 전부였다. 그가 저녁을 같이 먹을 수 있느냐고 물었을 때 조금은 어색했지만 부끄러워하거나 긴장할 필요는 없었다. 잘 생긴 얼굴은 아니지만 뭔가 독특한 분위기를 뿜어내는 인상의 사람이었다. 어느 정도 신뢰할 만한 사람 같았다. 점심을 건너 뛰어 시장기가 돌았다. 이른 저녁을 먹는 사이 해는 어느새 수평선 너머로 자취를 감추었다. 음식점을 나와 우리는 다시 소나무 숲이 있는 산책길 쪽으로 걸었다. 함께 식사를 한 탓인지 남자와 나는 한결 편안해졌다. 이곳에 와서 출렁거리는 바다를 보는 것만으로 심장이 뛰는 것 같다고 말하자 남자가 소리 없이 웃었다. 커피숍에서 커피를 마시고 다시 걸었다. 어둑어둑하던 주위가 짧은 시간에 먹물을 풀어놓은 듯 깜깜해졌다. 언뜻언뜻 하얀 파도가 어둠속에 나타났다 사라졌다. 철썩거리는 파도소리가 어떤 오케스트라의 연주보다도 장엄했다. 밀려오는 하얀 포말은 살아 움직였다. 다시 어색하다고 느낄 때, 남자가 같이 걸을 수 있는 사람이 있어 다행이라고 밝은 목소리로 말했다. 나도 그렇다고 말을 하려다 경망스럽게 보일 것 같아 말았다. 인적은 전혀 없었다. 밤공기는 차가웠지만 상쾌했다. 남자와 나는 발길 닿는 대로 걸었다. 그렇다고 멀리 갈 만한 곳도 없었다. 이따금씩 서 있는 가로등만 불빛을 쏟아낼 뿐, 사위는 어둠에 젖어들었다. 남자와 나는 다시 숙소 쪽으로 발길을 돌렸다. 나는 그에게 말할 때마다 모텔을 숙소라고 했다. 모텔은 왠지 부적절한 장소같이 느껴졌기 때문이다. 그러는 내가 고리타분한가, 라는 생각이 들었다. 역 앞 포장마차에서 오뎅국물 냄새가 진하게 새어 나왔다. 남자가 입맛을 다시며, 포장마차에서 딱 한 잔만 할 수 있느냐고 손가락을 들어 보였다. 내가 피식 웃자 남자는 어깨를 으쓱이며 눈을 추켜올렸다. 남자의 제스처에 큭, 하고 웃음이 나왔다. 턱 부분에 폭 들어간 상처가 나 있었다.

술은 달았다. 술이 한두 잔 들어가면서 남자의 표정은 기차에서 보았던 것보다 훨씬 밝아졌다. 남자가 간간히 말을 하면서 나와 눈을 마주쳤다. 눈빛이 강렬한 남자였다. 남자가 담배를 꺼내 입에 슬쩍 물었다. 금방 떨어질 것만 같은 담배가 떨어지지 않았다. 모호한 모습에 웃음이 나왔다. 왜요? 하는 표정으로 그가 나를 쳐다보았다. 각이 진 눈매가 평범한 사람 같지는 않았다. 굵은 마디의 손가락과 말투에서 느껴지는 지적 분위기는 매치되지 않왔다. 시크한 느낌의 남자였다. 뭐 하는 사람일까? 생각할 때 남자가 담배에 불을 붙이며 나를 얼핏 쳐다보았다. 그의 얼굴에 눈이 꽂혀있었으므로 나는 화들짝 놀라 눈길을 돌렸다.

왜요, 한 번 피워볼래요?

전 비흡연자라서…….

모범생이시군요. 여기까지 왔는데 한 번 피워봐요.

남자가 한 모금 빨아들인 담배를 건네주었다. 머뭇거리다 그것을 받아 손가락 사이에 어색하게 꽂았다. 남자가 호기심 있게 쳐다보았다. 남자의 타액이 묻은 담배를 자연스럽게 입에 갖다 물었다. 왜 가슴이 콩닥거리는지 모를 일이었다. 얼굴이 붉어지는 것은 아닌지 걱정스러웠다. 남자의 시선이 따끔거렸다. 설핏 20대로 돌아가는 느낌이었다. 나는 태연하게 담배를 쭉 빨아올렸다. 기침이 콜록콜록 나왔다. 남자가 어깨를 들썩이며 웃었다. 나도 함께 웃었다.

그냥 확 망가지고 싶은데 어떡해야 되죠?

음……. 글쎄요.

그에게 답을 듣고자 한 말은 아니었다. 농담을 던져놓고 나는 움찔했다. 이미 던진 농담이니 어쩔 수 없었다. 남자가 이상하게 생각하지 않기를 바라며 손가락 사이에 꽂은 담배를 괜히 이리저리 돌려보았다. 사실 어떻게 생각하면 꼭 농담만은 아니었다. 이혼으로 지친 마음도, 창작생활도 모든 것이 엉망이었다. 내가 잘 살고 있는 지도 의심스러웠다. 사라지고 싶었다.

어쨌든 남편 P로부터 벗어난 것이 홀가분했다. 이기적 삶을 선택했다고는 생각하지 않았다. '콜록콜록' 기침이 멈추지 않았다. 눈물이 찔끔 나왔지만 멋지게 피워보고 싶었다. 남자가 물잔을 건네며 웃었다. 남자의 웃음이 어딘지 어색하다. 웃어보지 않은 사람이 웃는 그런 모습, 나는 속으로 갸우뚱했다. 삼키지 못하고 입안에서만 맴도는 담배연기를 물고기처럼 폭폭 내뿜었다. 담배를 피우면 기분이 좋아지는 이유가 뭘까요? 나는 깔깔거리며 호기심 있게 물었다. 소주 몇 잔이 들어간 탓일까. 내가 왜 기분이 좋은지, 웃음이 나오는지 모를 일이었다. 남자도 말이 많아졌다. 우리는 떠들고 웃으며 술잔을 비웠다. 남자가 도넛모양의 연기를 뻐끔거리며 공중에 날렸다.

나는 남자가 날리는 담배연기를 눈으로 쫓으며 허공에 대고 말했다.

한 번뿐인 인생을 외치기에는 너무 늦었지요?

당연히 남자의 대답은 늦지 않다는 거였다. 도넛 모양의 연기는 공중에서 일그러져 형체 없이 사라졌다. 행동, 말씨, 느낌이 괜찮은 남자였다. 이 남자라면……. 하룻밤의 낭만적인 생각도 해 보았다. 어처구니없는 마음을 들키지 않으려고 나는 코웃음을 치며 조용히 웃었다. 단조롭고 반복되는 것의 지루함, 물이 웅덩이를 만나면 썩어가듯이 삶도 틀 안에 갇히면 죽어 간다고 하자,

남자가 고개를 크게 끄덕였다. 내 죽어가는 속을 있는 대로 까발리고 싶었지만 그럴 수는 없었다. 남자도 잠깐 표정이 어두웠던 것 같다. 담배를 입에 갖다 댈 때마다 자꾸 굵은 마디의 손가락이 눈에 띄었다. 뭐 하시는 분이세요, 라고 묻고 싶었지만 묻지 않았다. 남자가 담배를 깊게 빨아들였다. 오뎅국물에서 무럭무럭 올라오는 뽀얀 김과 그가 내뿜은 담배연기가 공중에서 함께 엉겼다. 남자가 아슬아슬하게 붙은 담뱃재를 손가락 끝으로 톡톡 털었다. 담뱃재가 뭉텅 떨어졌다. 나는 거물거리는 눈으로 인간의 삶도 저렇게…… 한 순간에…… 그냥 살아가는 게 인생인가, 생각하며 물끄러미 떨어진 담뱃재를 쳐다보았다. 그때 우리는 주로 인간의 삶에 대해, 하는 일에 대해 이야기를 했다. 공통점을 찾은 그와 나는 더 신명나게 말했다. 여기서 어려운 철학은 필요 없었다. 소주 몇 잔에 횡설수설하는 시원찮은 철학은 그 자리에서만이 느낄 수 있는 재미였다. 그래서 가끔 소주가 고팠는지 모른다. 우리는 앞으로의 인생을 어떻게 살아가야 할 것인가에 대해, 창작생활에서 오는 심각한 슬럼프에 대해 물음표를 달았다. 소주 두 병과 오뎅국물이 줄어들면서 뱃속의 위장이 뜨끈해졌다. 남자도 술기운이 오르는 것 같았다. 알코올 농도가 온몸 깊숙이 파고들었다. 남자가 뭔가 생각에 잠기는 것 같았다. 술잔을 기울이는 눈빛과 표정이 어두워졌다. 남자가 끔뻑 눈을 감았다 떴다. 창작생활하는 사람들에게서 주기적으로 올 수 있는 슬럼프라 짐작했

다. 나도 마찬가지라고 말하려다 자신감이 결여된 나는 말이 나
오지 않았다. 이 위기를 넘기면 한 단계 더 성숙할 거라는 주제넘
은 이야기도 하지 않았다. 남자도 그걸 모를 리 없었다. 술병을
내밀어 남자의 잔에 술을 가득 따랐다. 맑은 소주가 찰랑거렸다.
남자는 쓴웃음을 지으며 고개를 가볍게 끄덕였다. 뭔가 쓸쓸함이
묻어났다. 남자의 독특한 분위기라 생각했다. 바닷가에서 철썩하
는 파도소리가 들려왔다. 나는 투명한 소주잔의 가장자리를 빙글
빙글 돌리며 어촌에서 한 달만 살아봤으면 좋겠다고 말했다. 남
자도 좋다는 듯 장단을 맞추었다. 막 잡아 올린 생선으로 매운탕
을 끓이고, 구수한 생선도 구우면서 바닷바람을 맞으며 아무 생
각 없이 풀어놓은 망아지처럼 살고 싶다고. 정말 딱 한 달 만이라
고. 나는 수다쟁이처럼 마침표를 찍듯 손가락을 들어 보였다. 술
잔을 나눌 수 있는 상대가 있어 다행이라고 서로에게 앞다투어
생색을 냈다. 남자와 나는 또 다시 큭큭거렸다. 사실 오랜만에 웃
어보는 웃음이었다. 내가 계속 남자를 유혹하는 꼴이 되고 말았
다. 속으로 또 눈을 질끈 감았다. 자꾸 발동이 걸리려 했다. 누가
그랬더라, 남자들은 단순해서 진짜로 알아듣는다고. 나는 혼자
비실거리며 코웃음이 나왔다. 자신의 삶에 판타지가 있던 남자
도 금방이라도 구수하게 굽는 생선 냄새가 날아 올 것 같다고 말
하며 활짝 웃었다. 나는 술에 취해 횡설수설했던 것 같다. 그래도
이혼녀라는 말은 하지 않았다. 목소리가 풀어지자 더 취한 척 했

다. 그래야 속에 있는 말이 나올 것 같았다. 왜 사는 게 이렇게 거지 같을까요. 내 마음에 들게 살 수 없을까요, 쓸데없는 말을 소주잔에 실어했던 것 같다. 그것은 내 자신에게 한 말인지도 모른다. 사십이 가까워오는 여자의 술주정에 남자가 빙그레 웃었다. 남자와 나는 서로가 불문율처럼 나이와 이름도 묻지 않았다. 그래도 성은 알아야 할 거 아니냐고 나는 시비 걸듯 말했다. 남자는 송, 나는 홍, 이라고만 했다. 참 재밌네요, 나는 또 킥킥거리고 웃었다.

파도소리와 함께 주위는 더 깊어가고 있었다. 나는 밤이 늦었다고, 숙소로 돌아가야 한다고, 내일 집으로 돌아갈 것이라고, 했다. 남자가 표정 없이 고개를 끄덕였다. 숙소에 돌아온 나는 잠이 오지 않았다. 이 남자와 하룻밤을……. 이란 상상을 안 해본 것은 아니지만 그렇다고 구태여 이 남자와 자고 싶다는 생각은 하지 않았다. 술도 깰 겸 바닷가로 다시 나갔다. 혼자 걷고 싶었다. 쏴쏴쏴 하는 파도소리를 들으며 그동안의 묵은 마음을 꾹꾹 누르며 바닷가를 거닐 참이었다. 바닷가의 어두움은 두려움마저 들게 했다. 멀찌감치 떨어져 바다를 바라보았다. 칠흑 같은 바다는 하얀 포말을 더욱 더 하얗게 했다. 파도가 부딪히는 검은 바위 위에 누군가가 서 있다. 위험해 보였다. 파란 패딩잠바를 입은 것으로 보아 그 남자임이 분명했다. 어머, 저 사람이……. 술이 확 깨는 것 같았다. 나는 황급히 남자를 부르며 뛰어갔다. 푹푹 빠지는 운동화에 모래가 한 움큼씩 들어찼다. 남자의 발이 바윗돌 위에서 중심을 잃으며 휘청거리자 나는 어떨결에 그의 손을 잡았다. 그가 나를 덥석 끌어안았다. 나는 당황한 나머지 말할 틈도 없이 남자의 심장소리를 들었다. 내 가슴도 뛰었다. 그날 밤, 우리는 자연스럽게 한 숙소에 들었다.

나는 가끔 그의 페이스북에 들어갔다.

페이스북 속에 송은호는 여전히 작업을 이어가고 있었다. 작가는 작업을 떠나서는 살 수 없는 것이라 생각하며 화면 속에 그를 보며 빙긋 웃었다. 나는 컴퓨터의 커서에 손을 올리고 페이스북의 계정비활성화와 삭제에서 잠깐 망설였지만 머릿속에서 그를 삭제하듯 삭제를 눌렀다. 그래야 그를 잊을 것 같았다. 오래전 잡지에서 그의 사진을 보았을 때 놀랍고 반가웠다. 풀어진 마음에 하룻밤의 일이라고 되뇌었지만 그렇다고 그 일이 기억 속에서 지워질 리가 없었다. '25시간 동안의, 하루' 라는 작품 속에서 그날의 기억이 되살아나는 것은 어쩔 수 없는 노릇이었다. 나란히 걸려있는 액자 속에는 결이 다른 남자 송은호의 이미지가 떠 있다. 작품에는 주로 바닷가의 풍경이 등장한다. 고온으로 녹인 황동을 액체 상태에서 원추형 틀에 던지듯 뿌려서 떼어낸 작품을 설치하는 작가 송은호는 낯설다. 굵은 마디의 손가락을 가진 송선생만 기억날 뿐이다. 포장마차에서 술잔을 기울이던 순간들과 아직도 운동화 속에 한 움큼씩 들어찼던 모래를 기억한다.

그날, 하루……

25시간 동안의, 하루……

점심때가 되자 사람들이 몰려들었다. 전시실이 꽉 차는 듯했다. 경애는 눈짓을 하며 슬그머니 자리를 빠져나갔다. 오후 시간에는 제법 많은 사람들이 관람을 했다. 엽서를 보충해 놓았다. 관람객들은 작품이 따뜻하고 평화롭다고 말한다. 테라코타의 연한 황토빛깔과 사랑을 모티브로 한 작품들이기에 그리 보였는지 모른다. 작품이란 발표하는 동시에 한 단계 도약할 수 있는 계기를 마련해 주는 듯하다. 마음가짐도 달라진다. 일주일간의 전시 마지막 날이다. 전시실은 6시에 문을 닫고, 다음날 오전 중으로 작품을 철수할 예정이다. 누가 보낸 것일까? 나는 유리문을 통해 보이는 선인장을 물끄러미 바라보았다. 빨갛게 핀 앙증스러운 꽃. S가 누구일까? 도무지 짐작 가는 이가 없었다. 그때 유리문이 열리고 문 안으로 성큼 들어서는 남자가 있었다.

남자가 나를 보고 씩 웃는다.

가까이 본 남자의 턱에는 작은 상처가 나 있다.

누구…….

남자의 손이 챙이 달린 모자 위로 올라간다. 굵은 마디의 손가락이었다. 나는 심장이 쿵 내려앉았다.

송…… 은호씨?

설매재 그곳

주변은 고요하다. 왠지 황폐한 장소에 방치된 존재 같아 쓸쓸하기만 하다. 양치식물들이 뒤엉켜있는 숲속에서 조그만 참새 떼들이 후드득거리며 날아오른다. 그가 살아있을지 모른다는 기대감에 쳐졌던 마음이 조금은 되살아난다. 햇빛에 눈이 시리다. 걸터앉은 돌 주변에는 연보랏빛 맥문동꽃이 드문드문 남아있다. 꽃잎이 떨어진 꽃대에는 검정 콩알만 한 열매가 조롱조롱 달려있다. 마치 흑진주 알 같다. 그때도 키 작은 노오란 씀바귀꽃과 금강초롱꽃이 무리지어 피어 있었다. 빨간 고추잠자리가 내 주위를 맴돈다. 풀잎이 흔들린다. 보호색을 띤 방아깨비가 뒷다리로 펄쩍 뛰어올라 풀 속으로 몸을 감춘다.

돌이켜보면 그는 이미 여의도에서 내가 뒤따른다는 것을 알고 있었다. 내 집으로 가는 전철노선을 탄 것도, 그가 머리에 피를 흘리며 나를 쳐다보았던 눈빛도 그랬다. 그가 말없이 사라진 것처럼, 발을 비비던 방아깨비는 어디로 사라진 걸까. 기운이 없다. 먹은 것이라고는 편의점에서 산 생수뿐이다. 갈색빛이 도는 돌에 걸터앉은 나는 주위를 두리번거렸다. 여전히 방아깨비는 보이지 않는다. 발아래 작은 키의 맥문동 잎사귀가 흔들린다. 그늘진 곳에서 서식하는 다년생인 맥문동은 늘 초록빛을 지니고 있다. 한결같은 맥문동이 부럽기까지 하다. 저만치서 남자가 걸어온다. 마치 현욱이 웃으며 내게로 걸어오는 듯하다. 깜짝 놀라 눈을 감았다 떴다. 현욱은 아니었다. 가끔 나는 현욱과 이 길을 걸었다. 잠시 이곳에 걸터 앉아 텀블러에 있는 차를 한 잔씩 따라 마시기도 했다. 나는 양평 장날에 산 머리핀을 꽂고 그는 내가 골라 준 머플러를 목에 둘렀다. 우리는 서로의 환한 얼굴을 쳐다보며 웃음꽃을 피웠던 기억이 난다. 행복이란 무엇인가를 떠올리게 하는 그였다. 맥문동 열매가 땅바닥에 나뒹굴고 있다. 윤기 나는 맥문동 열매는 꼭 흑진주 알 같다. 나는 편지를 받고 그동안 얼마나 망설였던가. 내가 그를 찾는 것이 옳은 것인가, 아니면 그를 더 힘들게 하는 것은 아닌가를 생각했지만 나는 기어코 그를 찾아 길을 나섰다. 조금만 더 걸으면 그의 집이 나타난다. 백에서 발신자도 없는 편지를 꺼내 보았다. 가로줄이 쳐진 편지지에는 짧은 형식의 내용이 적혀 있었다.

보고픈 이여,

우리가 걷던 오솔길에

흐드러지게 핀 하얀 구절초와

부리가 빨간 작은 새들의

파들거리는 몸짓과 노랫소리는

첫째 연을 읽으며 부서질듯한 여린 누름꽃잎을 조심스럽게 만져보았다.

나는 오늘 설매재로 향하면서 다시는 집으로 되돌아가지 않으리라 생각했다. 만약 그가 살아 있지 않다면, 이제 모든 걸 끝내고 싶었다. 생각을 정리하니 오히려 마음이 편하다. 하늘은 청명하다. 이 길은 우체국에 갈 때도, 역 근처에 있는 오일장을 갈 때도, 함께 걷던 길이었다. 소소한 추억들은 틈틈이 내 머릿속을 파고든다.

그가 갑자기 사라진 것은 엄마 때문이었다. 산골에서 글을 쓰는 현욱을 반길 리 없었다. 장래가 없다는 이유로 그를 만나는 것을 무척 반대했던 엄마였다. 엄마는 부자인 아빠를 만나 고생이라고는 몰랐다. 아빠가 돌아가시고 형편이 어려워지자 선영아, 너만큼은……. 엄마는 오직 나에게만 희망을 걸었다. 딸이 자신의 자존심인 양 최선을 다했다. 그런 엄마에게 나는 실망감을 안겨준 셈이다.

안 돼, 절대로 안 돼. 니가 정리 안 하면 내가 정리한다.

목소리 톤을 높이지 않고 말하던 엄마가 험한 말을 쏟아내기 시작했다. 미친 것, 내가 너를 어떻게 키웠는데……. 엄마가 내동댕이친 옷과 백을 집어 들며 나는 소리 없이 눈물을 떨구었다. 엄마의 그런 모습은 처음이었다.

떨어진 맥문동 열매를 몇 알갱이 주웠다. 그가 손에 쥐어주었던 열매는 그를 더욱 생각나게 한다. 어디선가 포 쏘는 소리가 들린다. 근처에 부대가 있는 듯하다.

내가 의식이 돌아왔을 때도 무슨 소리인지 굉음이 들린 듯했다. 눈을 떴을 때 누군가가 내 얼굴을 들여다보고 있었다.

앗, 깨어났네요. 정신이 드세요?

나는 고개를 가볍게 끄덕였다. 방 안은 낯설었다. 밖에는 함박눈이 내리고 있었다. 왜 내가 여기에……, 말끝을 흐리자 그가 전후 사정을 말해주었다. 가파른 산을 오르던 기억만 날 뿐 아무 생각도 나지 않았다. 온몸이 아파서 움직일 수가 없었다. 그가 조심스럽게 이불을 올려주었다. 방바닥은 따뜻했다. 격자로 된 창문 사이로 흐린 하늘이 보였다. 구름은 낮게 깔려있었다. 드문드문 날리는 큰 눈꽃송이가 창문에 와 달라붙었다. 그가 가져다준 뜨거운 보리차를 한 모금 마시자 몸에 온기가 돌았다. 머리가 깨어질 듯이 아파 아무 말도 할 수 없었다.

아무 생각 말고 편히 누워있어요. 나는 나쁜 사람이 아니예요.

그의 음성은 맑고 표정은 부드러웠다. 마음이 놓였다. 참기름으로 볶은 쌀 냄새가 솔솔 날아왔다. 오래된 책 냄새도 섞여 있었다. 쑤어준 미음을 먹고 기운이 돌아올 때쯤 그에게 부탁했다. 당분간 이곳에서 있게 해 줄 수 있겠느냐고. 고개를 갸우뚱거리던 그가 잠시 난감한 표정을 지었다. 그리고 천천히 고개를 끄덕였다. 왜 그런지는 묻지 않았다. 숲속 밤은 칠흑같이 어두웠다. 이상하리만치 고요했다. 하얀 눈으로 뒤덮인 숲을 바라보면 또 다른 세계에 와 있는 듯했다. 그와 어색한 것에서 벗어날 때쯤 우리는 서로의 이름을 말했던 것 같다. 나보다 두 살 위인 현욱이었다.

작은 원룸으로 되어있는 실내는 10평 남짓했다. 창밖에 보이는 앙상한 나뭇가지와 누렇게 변해 버린 겨울풍경이 오히려 실내를 더 아늑하게 했다. 그는 보일러를 더 올렸다. 그의 움직임이 한눈에 들어오는 작은 공간이었다. 창밖에는 키가 큰 자작나무 세 그루가 서 있었다. 껍질이 하얗고 곧게 뻗은 나무였다. 실내는 낮은 책장을 가운데 두고 서재와 침실로 나뉘어져 있었다. 삼면이 격자로 된 유리창에는 내릴 수 있는 얇은 커튼이 둘러쳐져 있었다. 낡은 TV 한 대가 놓여 있었다. 손바닥만 한 거울은 선반에 오뚝하니 올려져 있었다. 책상 위에는 탁상용 달력이 있었고, 붉은 호접란 한 송이가 작은 토분에 심겨져 있었다. 나는 창가에 걸려있는 빛바랜 마른 꽃다발을 보았다. 분홍색 리본에 −문학상이라고 쓰어 있었다. 책상 중앙에 있는 노트북을 바라보며, 작가신가 봐요? 묻자 작가라기보다는…… 그냥 글을 씁니다, 그는 퍽 멋쩍어 했다.

답답해도 회복될 때까지 조금만 참아요.

그는 며칠 동안 누워있는 나를 위해 움직였다. 낮에는 밖이 잘 보이도록 커튼을 바짝 올려주었다. 창문 깊숙이 들어오는 햇살은 유난히 깨끗했다. 고맙다는 표시로 눈을 깜빡이자 그도 자신의 행동에 만족한 듯 빙그레 웃었다. 나는 종종 숲속 풍경을 바라보며 내가 살던 캐슬을 떠올렸다. 그가 보호자의 연락처를 물었을 때 머뭇거리자 그는 더 이상 묻지 않았다. 시누이의 속옷까지 던져놓는 시집으로 돌아가고 싶은 마음은 손톱만큼도 없었다. 시어머니의 경멸스러운 눈빛을 볼 때마다 심장이 쪼그라드는 것 같았다.

넌 도대체 뭐 하는 애니? 어떻게 남편하나 마음을 잡을 줄도 모르니. 참 못나기도 했다. 시원찮은 대학 나와 가지고 아이나 제대로 키울 수 있는지 모르겠구나. 네가 학벌이 있니 뭐가 있니. 내 친구들 며느리는 다 유학파야. 원 창피해서.

모멸감을 느낄 때마다 어디론가 사라지고 싶었다. 등 뒤에서 너 뭐 하니? 하면 깜짝 놀라 과일을 깎다가도 떨어뜨렸다. 나는 누구한테도 이런 사실을 말하지 않았다. 가족이래야 엄마뿐이었다. 나에게 희망을 갖고 있는 엄마를 실망시키고 싶지 않았다. 아침에 일어나 시집식구들과 눈을 마주치는 것도 힘들었다. 카펫에 붙은 티끌을 떼고 있을 때 시어머니의 깊은 한숨소리가 들렸다.

청소기 돌리면 될 것을 너 지금 뭐 하는 거니? 정말 한심하구나.

시어머니는 며느리에게 항상 너, 라는 호칭을 썼다. 명문대를 나온 남편은 겉돌았고 떠밀리듯 한 결혼은 행복하지 않았다. 시어머니는 사사건건이 참견이었다. 출입카드를 대야 들어갈 수 있는 시월드는 지옥이었다.

우편함에서 한 통의 편지를 발견한 것은 한 달 전이었다.

보내는 사람의 주소와 이름은 없었다. 누가 보낸 것일까. 누가 장난을 친 것은 아닐까. 몇 줄 안 되는 내용과 함께 접힌 편지 속에는 누름꽃잎 하나가 들어있었다. 특별히 떠오르는 사람은 없었다. 이 세상 사람이 아닌 현욱이 보냈으리라고는 상상할 수 없었다. 그러나 필체를 보는 순간 현욱의 얼굴이 어른거리는 것은 무슨 까닭이란 말인가. 그럴 리가…… 아니겠지……, 하면서도 '이곳에서 그대를 기다리며……'라는 마지막 문장에서 나는 그와 함께한 설매재의 집을 떠올리지 않을 수 없었다.

흰 눈 내리는 날이면 동면에 들어간 나무와 잡초들이 하얗게 뒤덮였던 곳이다. 아침이면 앙상한 나뭇가지에 부서질듯한 하얀 서리꽃이 피어있었다. 산이 병풍처럼 둘러쳐진 그곳은 눈 속에서도 매화가 핀다하여 설매재라 불렀다.

　나는 설매재로 가기 위해 청량리역에서 잠시 머뭇거렸지만 작정한 대로 무궁화호에 올랐다.

　작은 대합실같은 양평역은 어느새 입구를 찾을 수 없을 정도로 많이 변해 있었다. 에스카레이터에 오르자 머리가 어질했다. 다리에 힘이 빠졌다. 등 뒤에서 "왔어?" 하고 그가 나타날 것만 같다. 사람들이 오가는 역 한가운데 멍하니 서 있었다. 오래전, 초행길이었던 그때도 나는 이렇게 우두커니 서 있었다. 그가 나를 구한 것은 우연이 아니었다. 양평역에서 나를 보았고, 자신의 집 근처를 지나 산을 향하여 걷는 나를 또 다시 보았다. 추운 겨울 등산복차림도 아닌 여자 혼자, 산을 오른다는 것은 위험한 일이 있다. 등산객들의 출입을 막는다는 팻말을 보고서도 나는 무작정 산을 올랐다. 추운겨울 산에서 그에 의해 발견되지 않았다면 나는 지금쯤 어찌 되었을까. 결혼생활은 무의미했고 살고 싶지 않은 나날이었다.

　역 앞에는 작은 꽃집이 있었다. 붉은 호접란이 나를 반기듯 활짝 피어있다. 그의 책상 위에도 붉은 호접란이 있었다. 길거리를 가다가도 너울거리는 햇살을 마주하면 마치 호접란의 꽃잎이 흔들리는 듯했다. 사고 당시 전동차의 불빛이 붉은 호접란으로 보인 것은 또 무슨 까닭이란 말인가.

　용천 3리 마을회관이라는 노선을 보고 올랐으나 버스에 탄 승객은 나를 포함해 단 3명뿐이었다. 앞좌석에 앉았다. 용천리를 향하여 달리는 대로에는 노란 중앙선이 선명했다. 넘을 수 없는 노란 중앙선. 넘어서는 안 되는 노란 중앙선. 차창 밖을 바라보았다. 하늘에는 뭉게구름이 떠 있었다. 사고 당시를 떠올리면 청명하고 노오란 햇살을 마주하는 것조차 나에게는 금지된 일인 것만 같다. 논과 밭, 비닐하우스들이 보이고, 리츠부동산과 화니핀 카페를 지나 아주 오래된 중미산 막국수 집과 허름한 설렁탕집도 보인다. 오래전 황량했던 주위는 많이 달라져 있었다. 세월은 많은 것을 변하게 한다. 나는 다섯 손가락을 꼼지락거렸다. 손잡기를 좋아하던 그의 손길이 느껴졌다. 뒷좌석에 앉은 남자들은 조용조용 이야기를 나눈다. 농부인 듯했다.

자네 그거 아나? 그 사람이 다시 돌아왔다는구먼.

누가?

왜, 가끔 자네 집에 연장 빌리러 왔던 젊은이 말일세.

아, 그 사람 말인 가. 근데 왜 그동안 집을 비웠다나?

사정은 잘 몰라도 사경을 헤매다 깨어났다는구먼. 사고가 났다지 아마.

무슨 사고?

글쎄, 모르지.

사고라는 말에 나는 움찔했다. 피투성이가 된 그의 얼굴이 떠올랐기 때문이다. 나는 눈을 감고 아랫입술을 지그시 깨물었다.

9개월 전, 그날은 함박눈이 내렸다.

여의도 한 호텔에서 근무하는 나는 오후 4시쯤 객실 배정을 마무리 하고 퇴근하는 중이었다. 호텔은 24시간 3교대로 돌아갔다. 또각또각 구두소리를 내며 호텔로비를 걸어가고 있을 때, 어깨 옆으로 바쁘게 스쳐지나가는 사내가 있었다. 나는 걸음을 우뚝 멈추었다. 낯익은 얼굴인 듯했다. 순간 현욱의 실루엣이 전신을 휘감았다. 내가 잘못 본 것은 아닌가, 하면서도 나는 어느새 사내의 뒤를 좇았다.

행사장 입구에는 ―동문의 밤, 리셉션장이라는 플래카드가 붙어 있었다. 그가 졸업한 대학이었다. 갑자기 가슴이 두근거리기 시작했다. 시야가 넓은 크리스탈볼룸은 시선이 한데 모아지지 않았다. 조명은 그리 밝지 않았다. 혹시 내가 잘못 본 것은 아닐까, 착각한 것은 아닐까, 촉각을 곤두세우고 사내의 움직임을 눈여겨 보았으나 잠깐 시선을 뗀 사이 넓은 홀에서 사내의 모습이 어디론가 사라졌다. 분명 그였던 것 같은데. 당황한 나머지 손바닥에 땀이 났다. 나는 행사가 끝날 때까지 행사장 입구가 잘 보이는 곳에서 그를 기다려 보기로 했다. 화장실에 들어가 찬물에 손을 적시고 머리와 옷매무새를 가다듬었다. 거울에 비친 얼굴은 긴장한 탓인지 초조해 보였다.

오랜 세월이 흘렀지만 검은 코트를 입은 사내의 몸짓은 익숙해 보였다. 갸름한 얼굴에 턱선에서 느껴지는 분위기는 분명 그였다. 사내는 행사가 끝나기도 전에 나왔다. 사내의 얼굴이 확인되는 순간, 나는 하마터면 그의 이름을 부를 뻔했다.

'현욱씨'라고.

어느새 40대 초반이 되어있는 현욱이었다. 그의 뒤를 밟았다. 어두침침한 밖에는 하얀 눈꽃송이가 가볍게 날렸다. 그가 빌딩사이의 보도블록을 따라 걸었다. 아마도 전철역을 향하여 걷는 듯했다. 나풀거리는 눈꽃송이가 마치 낙엽이 날리는 것만 같다. 빌딩 사이로 낙엽 소리가 사방에서 사각거리는 듯하다. 마른나무 부러지는 소리가 들리는 듯하다.

바람이 살랑 불던 어느 늦가을, 그와 오솔길을 걸었다. 엉성하게 남아 있는 나뭇잎 사이로 눈부신 햇살이 파고들었던 기억이 난다. 누렇게 변해 버린 소나무 잎들이 겹겹이 내려앉았던 기억도 난다.

밟아 봐 어때?

소나무 낙엽은 폭신한 카펫 같았다. 그는 나보다 더 환한 웃음을 지었다. 그는 허리를 굽혀 잔가지를 멀리 집어던졌다. 아무 말 없이 내가 지나갈 수 있는 길을 터주었다. 발밑에 바스락대는 낙엽소리와 마른 나뭇가지 부러지는 소리가 경쾌하게 들렸다. 음습하고 그늘진 곳에는 새파란 이끼가 바윗돌 위에 피어있었다. 나는 비단 같은 이끼를 한 옴큼 떼어 비닐봉지에 담았다. 그가 궁금한 듯 쳐다보았다. 나는 그를 보며 빙긋 웃었다. 그의 책상 위에는 호접란을 심은 살구색의 작은 테라코타 토분이 놓여있었다. 토분 위에 이끼를 덮어주면 흙이 흘러내리지 않을 것 같았다. 꽃대를 곧게 뻗어 올린 호접란은 붉은 꽃잎이 여러 장 붙어 있었다.

불 꺼진 빌딩 앞을 지나 그가 대로를 향하여 걸었다. 어느새 펑펑 쏟아지는 함박눈이 앞을 가렸다. 가로등 불빛이 희미해졌다. 나는 그가 돌아보면 어쩌나, 혹시 얼굴을 마주치면 무슨 말을 어떻게 해야 하나, 긴장된 마음뿐이었다. 적당한 간격을 두고 한 발짝 한 발짝 뗄 때마다 그와 보폭을 같이 했다. 그를 놓치면 안 될 터이다. 코트 깃을 여미며 눈 위에 그의 발자국을 따라 조심스럽게 걸었다. 점점 밤의 밑바닥은 하얘졌다. 저만치서 앞서가던 그가 가다말고 걸음을 멈추었다. 나도 멈칫했다. 그가 뒤를 돌아볼 때 나는 고개를 돌리고 두꺼운 머플러로 얼굴을 가렸다. 그가 머리에 쓴 모자를 들썩였다. 긴장될 때 하는 행동이다. 현욱은 자신이 그런 습관이 있다는 것을 모른다. 내가 아느냐고 물으면 그는 모르겠다는 표정으로 어깨를 가볍게 으쓱했다.

그가 횡단보도에서 좌우를 살핀다. 불 꺼진 여의도의 외곽지역은 그와 나 단둘뿐이다. 넓은 대로로 나갈 때쯤 그가 다시 한번 뒤를 돌아보았다. 나는 흡, 하고 호흡을 들이마셨다. 그가 다시 걸었다. 나는 끊겼던 생각을 이어나갔다. 혹시 내가 그에게 상처를 주었다면 용서해 달라고 말하고 싶었다. 그는 나를 늘 존중

해주었다. 다독거리고, 내 말을 관심 있게 들어주었다. 선영이가 하는 결정은 그대로 따르겠다고, 하고 싶은 말이 있으면 언제라도 해달라고, 태연한 척 말했지만 나는 그의 불안한 눈빛을 읽을 수 있었다. 그에 비해 나는 내 감정을 표현하는데 많이 서툴렀다. 서툰 표현이 가끔 그에게 무심하게 비쳤을 수도, 상처를 주었을 수도 있었을 것이다.

여의도역에서 전철을 탔지만 그는 검은 유리창만을 바라보고 있었다. 연말이라 전철 안은 복잡했다. 전철이 멈추고 사람들이 내리면 승객은 그만큼 들어찼다. 그와 거리를 두었다. 그가 전철에서 내리면 따라 내렸다. 환승역에서 그가 나를 보는 듯도 아닌 듯도 했다. 나는 머플러로 얼굴을 가렸다. 전광판에 열차가 곧 도착한다는 빨간 글씨가 지나가고 있었다. 이상한 일이었다. 전철 노선이 내 집으로 가는 길이다. 혹시 그의 목적지가 나와 같은 노선일지 모른다고 생각할 때, 그때 그의 몸이 나무기둥처럼 서서히 철로 쪽으로 기울어지고 있는 것이 아닌가. 순간 어찌된 일인지 몰랐다. 안 돼? 나는 당황한 나머지 비명을 지르며 비키세요!, 비키라구요! 사람들을 헤집고 그에게로 달려갔다. 오른쪽 끝 터널에는 노란 점이 나타났다. 전동차의 헤드라이트 불빛이었다. 노란 빛이어야 할 전동차의 불빛은 붉게 물들어 있었고 그가 죽을지도 모른다는 생각에 눈앞이 깜깜했다. 발을 동동 굴렀다. 멀리서 보이는 반짝이는 불빛은 터널 속에서 금방이라도 덮쳐올 것만 같았다. 두 개의 불빛은 너울거리며 더 커져 오고 있었다. '빠앙~' 하는 경적음은 멀리서 레일을 타고 가늘게 들려왔다. 철로에 떨어진 그의 머리에서 붉은 피가 흐르고 있었다. 사람들이 우르르 몰려들어 비명을 지르고 나는 미친 듯이 현욱의 이름을 부르며 울부짖었다. 그때 누군가에 의해 그는 구해졌고 가늘게 뜬 눈은 나를 알아보는 듯했다.

　장맛비가 두어 번 오던 어느 해 여름, 그와 연락이 끊기고 오늘처럼 이 길을 따라 그의 집을 찾았다. 주인 없는 마당에는 잡풀들이 무성했다. 삼면이 창문으로 되어 있는 몇 평 안 되는 집은 텅 빈 채 여기저기 거미줄이 쳐져있었다. 신발을 서너 켤레 벗을 수 있는 좁은 현관에는 편히 신을 수 있는 낡은 운동화와 뽀얗게 먼지가 탄 징화 두 켤레가 놓여있었다. 방 한가운데에는 빈 책꽂이만이 덩그러니 놓여있었다. 그는 모자와 운동화를 무척 좋아했다. 챙이 달린 모자들을 벽 한켠에 나란히 걸어놓는 것을 즐겨했다. 여러 가지 색깔의 모자는 보기 좋았다. 책상은 그대로 있었다. 새벽이면 책상 앞에서 노트북에 손을 올리고 있던 그의 환영이 무지개처럼 떠올랐다. 컴퓨터의 자판을 치다 인기척이 나면 그가 돌아보고 빙긋 웃었다. 더 자, 그러면 나는 이불을 들썩이며 잠에 빠져들었다. 잘 잤어? 더 자, 라는 말은 나를 더없이 행복하게 했다. 거미줄이 쳐진 빈집에는 호접란이 있을 리 없었다. 추운 겨울 산에서 그에 의해 구조되어 일주일동안 머물렀던 집이었다.

이혼 후, 수시로 그를 찾아왔던 집이었다. 작은 식탁에서 밥을 먹으며 '우리 그냥 이렇게 살아도 될까?' 물음표를 달던 그는 이미 나에게서 떠날 준비를 하고 있었는지 모른다.

버스가 달리는 사이 큰 느티나무가 보인다. 연두색으로 된 펜스도 보인다. 예전에 연두색 울타리가 나타나면 늘 내릴 준비를 했었다. 용천 3리 마을회관은 종점이었다. 설매재가 있는 용천 3리. 3명뿐인 승객이 내린 버스는 텅 비었다.

그의 집은 설매재 마을의 끝 집이었다. 마을 초입에는 집들이 몇 가구 되지 않았다. 길옆으로 흐르는 좁은 냇가에는 개울 물소리가 졸졸거리고 들렸다. 맞은편 냇가에는 잡초가 뒤엉켜 나지막한 숲을 이루었다. 냇가에는 보지 못했던 하얀 보호난간이 쳐져 있었다.

보호난간처럼 전철역에 스크린도어가 있었다면 그가 철로로 떨어지는 일은 없었을 것이다. 그가 이명증이 있다는 것을 전혀 몰랐다. 사고의 순간이 떠오르자 습관처럼 호흡이 빨라졌다. 가볍게 머리를 흔들었다. 호텔 행사장에서 그를 보지 않았다면, 우리는 그냥 서로의 안위를 바라며 살아갔을 것이다. 사고는 일어나지 않았을 것이다. 멍석이 깔린 길 가장자리에는 곡식이 널려 있다. 예전에 보이던 허름한 외양간은 사라지고 없었다. 함석지붕은 기와지붕으로 바뀌었고, 나무로 된 대문은 페인트칠을 한

철문으로 바뀌어 있었다. 동네 사람은 보이지 않았다. 물이 흐르는 냇가에는 빛바랜 풀들이 갯보리처럼 흔들린다. 마을 초입을 지나 구불구불한 길을 걸었다.

그가 돌아왔다는구먼. 누가?

나는 그들이 말한 사람이 현욱이기를 기대한다. 편지를 보낸 사람이 현욱이기를 기대한다. 나에게 그의 죽음을 알린 엄마의 말이 거짓이기를 기대한다.

그가 지하철역에서 구조되어 응급실로 실려 들어가던 날, 마치 붉은 호접란의 꽃잎이 펼쳐진 것처럼 하얀 시트는 붉게 물들어 있었다.

엄마가 한걸음에 달려왔다. 내 손을 잡아끌고 병원 밖으로 밀어내려했지만 나는 결코 그의 곁을 떠나지 않았다. 피를 많이 흘린 그는 일주일째 의식이 없었다. 나는 그의 어머니를 보고 하염없이 울었다. 엄마는 나를 철저히 감시했다. 그의 죽음을 엄마로부터 들은 것이 잘못이었다.

정신과 치료를 받은 지 수 개월이 지났다. 담당의사는 환자가 치료할 의지가 없다는 것을 알아차렸는지, 환자분 협조하셔야 합니다. 이런 상태가 계속되면 공황장애가 올 수도 있어요, 대인기

피중이 공황장애로 이어질 수 있다는 의사의 말에 엄마는 불안해 했다. 퇴원한 후에도 귀에는 사람들의 비명소리가 들리는 듯했 다. 피투성이가 된 그의 얼굴이 떠오를 때마다 식은땀을 흘리며 죄책감에 시달렸다. 엄마 몰래 병원에서 처방 받은 약을 버렸다. 제정신이 돌아온다는 것은 스스로 용납할 수 없었다. 미쳐서 아 무것도, 아무 생각도 하고 싶지 않았다. 그날 호텔 행사장에서 그 의 뒤를 따르지만 않았어도…….

죽은 꽃의 향기가
되살아나듯
사랑과 죽음의 언덕 위에
꽃의 향연은 펼쳐지고

나는 다시 중간 연을 읽어보았다. 가로획을 조금 올리고 세로 획을 길게 내려그은 글씨체가 그의 글씨를 닮았다. ㄹ과 ㅁ에서 특히 더 그러했다. 편지 속에 든 누름꽃잎은 호접란이라는 확신 이 든다.

로비 데스크에서 안녕하십니까? 라고 깍듯이 인사하는 시댁인 캐슬로 돌아온 후에도 나는 그의 환상에 사로잡혀 있었다. 일주 일간 그의 집에 머물렀을 뿐인데 일을 하다가도 문득 정신 나간 사람처럼 그의 이름을 중얼거렸다. 그는 내 주위를 맴돌았다. 캐슬 주변에서 모퉁이를 돌 때 우리는 멀리서 서로를 알아보았다. 그의 얼굴은 수척해 보였다. 누가 먼저 눈길을 피했는지는 모르겠다. 눈이 마주쳤을 때 그는 황급히 사라졌다. 그 후, 나는 주위를 두리번거리는 습관이 생겼고, 가끔 먼발치에서 보고 있는 그의 눈길을 느낄 수 있었다. 엄마는 시집에서 참고 견디라고 했지만 이혼은 정해진 순서였다. 엄마는 다 자신의 잘못이라고 그렇게 결혼시키는 것이 아니었다고 울었지만 이혼한 후에도 엄마는 나를 단념하지 못했다. 얼마든지 좋은 신랑감을 다시 만날 수 있다고 믿고 있었다.

나는 어려서부터 내성적이고 말수가 적은 아이였다. 사람들이 많은 곳에 가면 숨이 막혔다. 그래서 밀폐된 승무원 생활을 그만두었는지 모른다. 남들이 부러워할 만한 외모는 대학에서 메이퀸이었던 엄마의 DNA를 물려받았는지 모른다. 그럴듯한 집으로 시집을 보내는 것이 엄마의 소원이었다. 자신이 이루지 못한 꿈을 딸에게서 보상받으려 했다. 어려서부터 좋은 옷을 입혔고, 좋은 가방을 들게 했다. 아버지가 돌아가시고 어려운 형편에도 엄마는 나에게 정성을 기울였다. 난해한 색깔보다 우아한 색깔의 고급의류를 입혔다. 화장은 연하게 했다. 격이 있는 이미지를 갖추라고 엄마는 늘 나에게 속삭였다.

일곱 살 때였다. 엄마는 내 손을 잡고 발레학원의 문을 두드렸

다. 선생님은 엄마의 외모를 슬쩍 보더니 내 팔 길이를 보는 듯
했다. 엄마는 우리 애가 재능이 있느냐고 선생님에게 속삭이듯
물었다. 어머니, 재능도 중요하지만 발레는 꼭 하고 싶은 마음
이 있어야 해요. 말하자면 의지가 있어야 한다는 말이죠. 선생님
은 부드러운 눈빛으로 나의 눈을 들여다보며 왜 발레가 하고 싶
은데, 하고 물었다. 나는 엄마의 눈을 슬쩍 쳐다보며 꼭 발레리
나가 되고 싶다고 수줍게 입을 달싹거렸다. 엄마는 우아한 미소
를 지었다. 발레를 하면 할수록 몸으로 표현하는 춤은 내 몸의 세
포를 일깨우는 것만 같았다. 유명한 발레단이 공연하는 '오네긴
ONEGIN'을 보았다. 도시귀족 오네긴과 순수하고 아름다운 시골
소녀 타지아나의 엇갈린 사랑 이야기를 담은 발레공연이었다. 남
녀주인공의 섬세한 감정 연기에 빠져들었다. 그 후, 나는 혼자 춤
을 추는 솔리스트보다 남녀가 함께 추는 발레리나가 되기를 원했
다.

초등학교를 졸업할 무렵, 잘 나가던 아버지 사업이 부도나고
말았다. 발레리나로 키우려던 엄마의 욕망은 물거품이 되었지만
계속 나에게 집착했다. 발레를 그만둔 후에도 한동안 토슈즈와
짧고 퍼진 하얀 망사로 겹겹이 만든 튀튀를 입고 무대 위에서 춤
추었던 때가 떠올랐다. 발레의 기본 동작인 턴·아웃이 머릿속에
서 떠나지 않았다. 아버지가 교통사고로 세상을 떠난 것은 술 탓
이었다. 슬펐지만 엄마와 나는 눈물을 흘리지 않았다. 나는 모든

친구들과의 연락을 끊었고 내성적인 성격은 스스로를 가두었다. 순탄치 못한 시집 생활도 내 못난 성격 탓이었는지 모른다. 생활고에 시달렸던 엄마의 최고 가치는 돈이었다. 선영아, 너는 부잣집으로 시집가야 해…….

이혼한 후에도 엄마의 눈을 피해 설매재로 향했다. 그렇게 일 년이 지나서였을까. 그가 전화번호도 바꾼 채 홀연히 사라졌던 것이다. 그의 선배를 만나 현욱의 소식이라도 알고 싶었지만 도저히 알 수가 없었다. 엄마가 정리한다는 것이 이것이었을까. 가슴에 통증이 일었다. 그 후, 나는 엄마에게 모든 것을 잊은 척했지만 그와의 추억은 더욱 또렷이 가슴 속에 남아 있었다.

얘, 선영아 신랑감이 있는데 한 번 만나보렴. 그쪽도 한 번 실패한 경험이 있는데, 미국에서 MIT를 나온 건실한 사람이란다.

나는 들은 척 만 척했다. 직장생활을 열심히 하는 것으로 모든 것을 잊으려했다. 항공 승무원으로 있던 내가 호텔리어가 되는 것은 그리 힘든 일은 아니었다. 면접관은 따뜻한 인상과 영어 실력에 점수를 크게 주었다. 프런트, F&B 식음료팀, 연회장 중에서 객실 담당을 맡았다. 성실하게 일했다. 입사한 지 7년 만에 후배들을 관리하는 대리 직함도 달았다. 현욱을 보던 그날은 교대할 직원이 나오지 않아 연장 근무를 하고 오후 늦게 퇴근하던 중이었다. 사고 이후, 나는 단 한시도 그를 생각하지 않은 날이 없었다.

발신자의 주소가 없는 편지를 받은 후, 하루도 거르지 않고 그의 꿈을 꾸었다. 그가 나를 부르는 것 같았다. 오늘 아침에도 꿈을 꾸었다. 불면증에 시달리다 새벽녘이 되어서야 잠깐 잠이 들었다. 칠흑같이 어두운 벌판에 점처럼 반짝하는 불빛이 나타났다 사라졌다. 나는 맹수의 눈빛이라고 생각하지 않았다. 무섭다거나 두렵지는 않았다. 빛을 따라 걸으면 그가 꼭 있을 것만 같았다. 어둠 속에서도 몇 그루의 나무와 오두막집이 가까워 오는 듯했다. "선영아, 이 계곡의 숲을 잊지 마라." 어디선가 그의 음성이 들리는 듯했다. 꿈속에서도 나는 설매재의 그곳을 잊을 리 없다고 중얼거렸다. 음성을 쫓아 걸었다. 어떻게 된 노릇인지 한걸음에 닿을 것 같은 설매재의 집은 걸어도 걸어도 닿을 수가 없었다.

꿈에서 깨어나자 밖은 밝아 있었다. 창문의 얇은 커튼 사이로 들어오는 햇살이 마치 따가운 못처럼 가슴에 꽂혀온다. 손바닥으로 햇살을 가렸다. 깨어나서도 한참을 웅크리고 있었다. 식은땀을 흘려 온몸이 축축했다. 꿈속에서 흐느꼈던 여운이 채 가시지 않았다. 가슴 한 켠이 묵직했다. 거울에 비친 핏기 없는 얼굴을 바라보았다. 그의 사망소식을 듣고 확인하지 못한 것이 잘못이었다. 몇 날 며칠을 자고 깨기를 반복했다. 사고의 순간이 떠 오를 때마다 나는 우리에 갇힌 동물처럼 몸을 떨었다.

격자무늬 창가에 앉아
나무그림자 뒤에 숨은
너의 모습 찾아본다

이곳에서 그대를 기다리며……

맥문동 열매는 햇볕에 반짝인다. 머리 위에 떨어지는 나뭇잎이 그 겨울의 눈송이처럼 나풀거린다. 사라진 방아깨비가 눈앞에 나타나 앞다리를 비빈다. 고추잠자리는 여전히 내 주위를 맴돈다. 누름꽃잎이 든 편지는 분명 그가 보낸 편지일 터이다. 마지막 연에 그가 나를 기다린다고 했다. 입안이 마른다. 물병을 꺼내 물 한 모금을 마셨다. 실핏줄을 타고 물줄기가 몸 구석구석에 내려앉는다. 나는 일어나 다시 설매재 그곳을 향해 걸어야 한다.

숨을 쉴 수만 있다면

수민아, 나 기차를 타도 될까?
기차? 무슨 기차?

세월이 흘렀어도 이 짧은 문장은 지금까지 머릿속에 또렷이
남아 있다.

　－동명동 시외버스터미널에서 9번, 9−1번을 타고 열다섯
정거장을 가면 새마을 정류장이 나온다. 그곳에서 하차하면 속
초 앞바다를 거닐 수 있다. 동해바다는 유난히 파랗고 시원하
다. 겨울이라 사람은 뜸하다. 모래사장에는 사람 발자국보다
갈매기 발자국이 더 많다. 한적한 바닷가에 파란 하늘과 핑크
빛 노을이 너무도 아름답다.

나는 동명동 시외터미널에서 내려 소설 속에 나오는 버스노선

을 탈까 하다, 택시를 타고 동명동 성당에서 가까운 바닷가 근처에서 내린다. 비릿한 바다 냄새와 끼룩거리는 갈매기 소리가 기분을 상쾌하게 한다. 편의점에서 따끈한 캔 커피를 사서 바닷가로 내려갔다. 끝이 보이지 않는 모래사장에는 여러 종류의 물고기조각상이 군데군데 설치되어 있다. 소설가의 말대로 동해바다는 유난히 파랗고 시원하다. 동서울터미널에서 2시간이면 도착할 수 있는 곳이다. 파도가 하얀 거품을 일으키며 규칙적으로 밀려오고 밀려나간다. 잔잔하게 일렁이는 바다를 바라본다. 바다 위에 현애의 웃는 얼굴이 환영처럼 떠오른다.

수민아, 숨을 쉴 수가 없어. 나도 점점 그 사람을 닮아가나 봐. 그가 난폭한 사람이었다면 나는 벌써 이혼을 요구했을 거야. 그 사람을 이해할 수 없지만 불쌍한 사람이란다.

가느다란 바람결에 현애의 목소리가 들리는 듯하다.

바닷바람이 차갑게 '훅' 하고 불어온다. 목에 걸친 긴 머플러가 순식간에 바람을 타고 날아간다. 저 만치서 누군가가 걷고 있다. 여자인 듯하다. 폭폭 빠지는 모래사장을 걷던 여자가 머플러를 주워 나에게로 다가온다. 헐렁한 옷차림에 무채색의 옷을 입은 여자는 챙이 넓은 모자를 쓰고 있다.

이거…….

여자의 목소리는 아주 잠깐이지만 현애를 떠올리게 한다. 여자는 내 또래인 듯했다. 인적 드문 이곳에서 여자는 말동무가 되어주었다. 여자와 나는 친구처럼 나란히 바다를 향하여 앉았다. 어디서 오셨어요? 여자가 궁금한 듯 묻는다. 서울에서요. 혼자이신 것 같은데 ……. 여자가 찬찬히 내 얼굴을 보는 듯하다. 당황한 기색도 보인다. 친구를 찾으러 왔다는 말에 여자는 말없이 고개를 끄덕인다. 바람이 찬대도 여자와 나는 시간 가는 줄 모르고 이야기를 했다.

친구와 양양을 간 적이 있어요. 지금은 동서고속도로가 났지만 예전에는 영동고속도로로 해서 양양을 갔지요. 길은 엄청 막혔어요. 지금처럼 고속도로 사정이 좋지 않아 시간도 많이 걸리고 고생을 했는데……. 짧은 시간에 속초를 올 수 있다니 세상은 참 많이 좋아졌어요.

저희 때는 그랬지요. 어느새 이렇게 나이를 먹었는지 모르겠어요. 벌써 환갑이 가까워오네요. 바다를 바라보던 여자가 나를 보며 말한다.

나도 여자를 쳐다보며 말한다. 처녀 시절이었어요. 저는 만화 스토리를 쓰는 작가였답니다. 프리랜서로 돌아선 후 나는 집안에 틀어박혀 매일같이 나사 풀린 사람처럼 일에 매달렸다. 수민아, 네 얼굴이 말이 아니야. 바람 좀 쏘이고 올까, 하면서 먼저 여행을 가자고 한 것도 현애였다. 현애는 남편 P에게 허락을 받아야 한다고 말했다. 나는 원고 날짜를 맞추기 위해 현애가 가끔 집에 와도 여유롭게 이야기할 시간이 없었다. 일에 지칠 때는 결혼해서 안정적인 삶을 사는 현애가 부럽기도 했다. 집안은 엉망진창이고 컴퓨터 앞에만 앉아있는 나에게 현애는 수민아, 환기 좀 시켜. 수민아, 식탁에 그릇은 치워야 되지 않겠니? 하고 친구 현애가 언니처럼 잔소리를 했다고 말하자, 여자의 입가에 웃음기가 감돈다.

조용히 듣고 있던 여자가 무엇인가 회상에 잠기는 듯했다. '쏴' 하고 밀려오는 파도소리에 귀를 기울이던 여자가 환상적인 저 소리 들리세요? 물으며 행복한 미소를 짓는다. 나는 여자에게 친구 현애에 대한 이야기를 주로 했다. 여자는 내 이야기를 들어주기 위해 앉아 있는 사람처럼 어쩌다 한 번씩 고개를 끄덕일 뿐 말이 없다. 서로가 어색할 때 여자와 나는 멀거니 바다를 바라본다. 그러다 눈이 마주치면 여자는 다른 곳으로 시선을 돌린다. 그리고 챙이 넓은 모자를 더 눌러쓴다. 모자 밑으로 빠져나온 몇 가닥의 긴 머리카락이 바람에 나부낀다. 여자는 외지에서 들어온 지가 오래되었다고 말한다. 서울 말씨에 드문드문 강원도 말씨가 섞여 있다. 어딘지 모르게 현애의 얼굴이 겹쳐진다. 아랫배에 찬기가 돈다. 나는 가지고 온 무릎담요를 슬그머니 꺼내 배를 감쌌다.

숙소는 잡으셨나요?

아직…….

현애의 이미지에 끌려서일까. 편안한 인상 때문일까. 남편 우진이 예약해 놓은 숙소가 있었는데도 나는 엉뚱한 대답을 하고 말았다. 여자는 내 눈을 쳐다보지 않은 채 자신의 집이 누추하지만 하룻밤 묵기에는 괜찮을 것이라고 말한다.

속초행버스 출발합니다. 얼른 타십시오.

우등버스 앞에서 안내원이 소리쳤다.

나는 티켓을 검표원에게 보이고 지정 좌석으로 가 앉았다. 오전 중에 속초에 도착할 예정이었다. 나는 이번에 길을 나서지 않는다면 꼭 후회할 것만 같았다. 내가 현애를 찾겠다고 속초행을 결심한 것은 어찌 보면 무모한 짓인지도 모른다. 속초에는 조양동과 동명동 두 군데의 터미널이 있었다. 동서울시외버스터미널에서 동명동 시외버스터미널행을 탔다. 속초행은 두세 시간 간격으로 있었다. 서두르면 막차를 타고 와도 될 듯했으나 만약 여의치 않으면 우진이 예약해 놓은 숙소에서 묵을 예정이었다.

소설 속에는 주인공이 살고 있는 청대문 집으로 가는 길이 묘사되어 있었다. 그 길을 따라가다 보면 현애가 꼭 있을 것만 같았다. 내가 청대문 집으로 가는 약도를 철석같이 믿게 된 것은, 주인공이 어린 시절 세 들어 살던 집이 자세히 묘사되어 있었기 때문이다. 소설 속에 나오는 흑석동 그 집은 우리 집이기도 했으니까. 분명 현애가 아니면 쓸 수 없는 내용이었다. 나는 소설 속을 빠져나올 수 없었다. 현애의 그림자가 어른거렸다. 무엇보다 현애가 살아있다는 것이 믿어지지 않았다.

　─동명동 시외버스터미널에서 내려 파란 줄이 쳐진 9번 혹은 9-1번 버스를 타고 20분쯤 가다보면 건어물 공판장이 나온다. 그곳을 지나 동명동 성당에서 내려 횡단보도를 건너 우측으로 직진한다. 건물이라고는 전혀 없는 길에 잎이 무성한 은행나무가 그늘을 만들어 준다. 청대문 집은 동명동 주민자치센터 옆 골목길로 올라가는 방법과 영랑동 동현아파트 옆 골목으로 올라가는 방법이 있으나 나는 늘 은행나무 가로수가 심어진 길을 택한다. 500m쯤 걸으면 크지 않은 상가에 미성부동산이 나오고, 상가를 끼고 들어서면 차 한 대가 겨우 들어갈 수 있는 일방통행길이 나온다. 조금 가다보면 우측에 좁은 골목이 나온다. 비탈길을 오르다 보면 돌계단이 나오지만 그리 힘든 길은 아니다. 나는 매일 이 길을 오르내린다. 블로크로 담을 쌓아올린 허름한 촌집 담장에는 화가들이 그린 재미난 그림들이 그려져 있다. 내가 편히 쉴 수 있는 청대문 집이다. 청대문 집 앞에서 나는 심호흡을 크게 한다. 시야가 탁 트인 속초 앞바다의 청량함이 내 코끝을 건드린다. 이곳에서 출렁이는 바다에 닿을 듯 날아다니는 갈매기 떼는 흔히 볼 수 있는 광경이다. 그것뿐인가. 나는 우리 집 툇마루에 앉아 날마다 비밀스럽고 성스러운 해맞이를 한다. 속초는 설악산부터 장사항까지 동해바다에

접해 있어 어디에서나 일출을 볼 수 있는 축복받은 곳이다.

소설의 배경은 속초바닷가였다. 엊저녁 잠을 설친 탓인지 시외버스는 흔들리고, 가솔린 냄새, 히터의 웅웅거리는 소리에 잠이 슬슬 오는 듯했다. 나는 가방에서 약도를 꺼내 보았다. 현애를 찾아가는 길은 오로지 이 약도뿐이다. 그곳에 분명 현애가 있으리라 믿었다. 주인공이 건어물 공판장에서 포장 알바를 하고, 집으로 돌아가는 동선이 나온다. 가끔 횟집에서 주방 알바를 하기도 한다고 했다. 살기 위해 닥치는 대로 일을 하지만 자신의 삶에 후회는 없다고 말한다. 나는 의자등받이에 등을 기대고 오래전, 현애의 메일을 생각했다.

나는 세상 살아가는 룰을 조금씩 이탈하기 시작했다. 말하자면 사회생활의 부적격자가 되어가고 있었다. 글을 쓰면서 마음의 안정을 꾀할 수 있었다. 훌륭한 글쟁이도 아닌데 머릿속은 몽롱하니 순간순간 밀려오는 소설 속의 삶과 현실 속의 삶을 비벼놓은 듯 여러 가지 장면들이 나타나다 사라지고는 했다. 그것은 생활이 아닌 잠시나마 내 영혼 속으로 들어가는 듯한 느낌……. 살아있다는 그 느낌……. 그것이 나를 행복하게 했고 그래서 더 깊이 내 안으로 들어가기를 원했는지 모른다. 글을 쓰면서 환상과 거기에 따른 장면들이 사라지면 허탈함과 함께 몸에는 기운이 빠지고는 했다. '어떻게 해야 할까' 잡을 수 없는 가닥을 잡고 어쩔 줄 모르는 사람처럼 갈피를 잡을 수가 없었다.

　나는 나에게 물음을 던져본다. 무엇 때문에 자꾸 쓰려고 하는 것인지⋯⋯. 조상으로부터 물려받은 한이 나에게 있는 것은 아닌지. DNA로 인한 유전자에서 오는 것은 아닌지. 그래서 그동안 살아온 삶도 운명도 스스로를 힘들게 한 것은 아닌지. 나는 자랄 때부터 내가 원하는 것이 제대로 안 되면 소리 없이 우는 버릇이 있었다. 교복을 입고 다니던 시절, 수돗물이 툭 하면 단수가 되었던 시절. 항상 칼라가 빳빳한 교복을 입고 다니던 나는 마루 끝에 앉아 교복을 빨아야 한다고, 엄마가 물을 길어올 때까지 울다가 졸고는 했다. 그래서 부모님으로부터 종종 꾸지람을 들었다. 이런 울보 같은 성격이 살아가면서 남몰래 눈물을 뿌리게 했는지도 모른다. 나는 더욱 더 내 안으로 들어간다. 우물 안의 개구리라 해도 우선 내 안에 안주하기를 원한다. 그것만이 내가 살 수 있는 길인지 모른다. 그것이 옳은 것인지 아닌지, 행복한 것인지, 슬픈 것인지 생각한다는 것은 나에게 무의미하다. 나는 용기를 내야 '한다'.

'할까'도 아니고 '한다'이었다. 현애의 의지가 분명한 마지막 문장이다. 현애의 메일은 오로지 자신을 향해 있었다.

　현애가 사라지고 나서야 모든 이야기의 퍼즐이 맞춰졌다. 결핍에서 오는 고향. 그녀가 고향이라고 했던 말은 자기 자신을 짐작케 한다. 그녀는 그때부터 탈출하기를 작정했는지 모른다. 희

생적인 삶을 살던 그녀가 그렇게 사라질 줄은 몰랐다.

수민아, P는 식탁에서 눈꺼풀 한 번 안 들어. 난 밥을 먹다가도 밥알이 목구멍에 걸리는 것 같아. 항상 명치끝에 돌이 매달린 것 같아, 하면서 명치끝이 아프다는 듯 얼굴을 찡그렸다.

25년 전,

그녀가 실종된 지 일 년이 지나서였다. 그때도 나는 만화 스토리 작업을 하고 있었다. 전화벨이 울렸다.

이수민 씨 인가요?

내 이름 석 자를 또박또박 묻는 낯선 남자의 음성에서 무언지 모를 불안감을 느꼈다.

속초경찰서입니다. 이현애 씨, 라고 아시나요?

네, 그런데요.

변사체 한 구가 발견되었는데 주머니에서 이수민 씨의 전화번호가 나왔습니다.

나는 숨이 멎는 줄 알았다. 자신의 고향을 찾아 어딘가에 잘 있을 거라고 생각했던 현애의 죽음은 믿을 수 없었다. 죽음이라는 거, 이 세상에서 완전히 사라진다는 거, 보고 싶어도 볼 수 없다는 것은 너무도 슬픈 일이었다. 현애의 장례식을 치른 다음 해, 나는 우진과 결혼을 했다. 그 후, 만화 스토리 작가로 전문 직업을 가졌던 나는 슬그머니 일을 놓고 말았다. 살면서 문득문득 현애를 떠올렸지만 아이들을 키우느라 여념이 없었다. 현애의 남은 가족 소식은 가끔 그녀의 친정을 통해서 듣고 있었다. 한 달 전, 웹사이트에서 한 편의 소설을 발견했을 때 나는 온몸에 소름이 돋는 줄 알았다. 남편 우진도 무척 놀랬다. 오래전 죽은 사람이 살아 있다는 사실을 어떻게 믿을 수 있단 말인가. 속초행을 결심 했을 때 우진이 동행하려 했지만 나는 혼자 길을 나섰다.

현애는 한때 자신을 추스르기 위해 글을 썼다.

현애의 첫 번째 메일은 눈이 많이 오던 날이었다.

수민아, 눈이 많이 내린다. 글쓰기에 알맞은 시간이야. 사실 이 시간이 내가 가장 싫어하는 시간이기도 해. 해가 뉘엿뉘엿 저물어 가는 오후 4~5시, 전등불을 켜기 전. 뭐랄까 내 마음이 회색빛으로 물들어 가는 시간. 나는 이 시간에 책을 읽거나 글을 쓴다. 그리고 적막한 공간을 두리번거리는 습성이 생겼어. 내가 유령 같기도 하고, 내가 움직이는 것이 소설의 일부 같기도 하고 밥 먹는 거, 어항을 들여다보는 거, 밖을 우두커니 내다보는 거, 귓속에서 윙윙거리며 외계로부터 나를 부르는 소리가 들려. 어떤 때는 내가 미쳐가고 있는 것은 아닌가 두려운 생각이 들기도 해. 전화벨 소리가 나면 그때서야 내가 미치지 않았구나, 하는 안도의 한숨을 쉰단다. 어찌 생각하면 마음이 착 가라앉는 이 시간을 효과적으로 쓰기 위해 너에게 메일을 보내는지 몰라. 아무튼 그래. 나는 요즘 글을 많이 쓰고, 책을 틈틈이 읽으면서 만족한 하루를 보내고 있단다.

현애가 소설을 쓴다는 것은 불가능한 일이 아니었다. 웹사이트에서 발견한 소설 속에는 그녀가 나에게 내밀었던 돈가스 이야기, 부드러운 케이크를 먹으며 나누었던 대화들, 현애와 나만이 알 수 있는 너무나도 구체적인 이야기들이 쓰여 있었다.

나는 색이 바랜 무채색의 옷을 입은 여자의 뒤를 따랐다. 뒷모습이 낯설지가 않다.

여자가 가방을 추스르며 공판장에서 임금 대신 건어물을 잔뜩 얻어왔다고 나에게 웃어 보인다. 입 꼬리를 바짝 올리고 웃는 웃음은 현애였다. 순간 가슴이 쿵 내려앉았다. 아, 현애가 살아있다니……. 설마 했는데 가슴이 두근거리기 시작했다.

여자의 얼굴은 맑아 보인다. 그녀와 나는 낯선 사람이 아닌 낯선 사람이었다. 여자는 아니 현애는 동명동 성당 쪽으로 걷는다. 나는 여자의 뒤를 따르면서도 현애를 만났다는 사실도, 현애가 살아있다는 사실도 믿어지지 않는다. 바닷가에서 머플러가 날아가지 않았다면 이렇게 쉽게 만나지는 못했으리라. 현애는 처음부터 나를 알아 봤던 것이다. 여자의 뒤를 따르며 현애야, 너 현애지, 하고 당장이라도 묻고 싶었다. 여자가 먼저 아는 체를 하기 전에는 아는 척을 할 수 없었다. 모든 걸 내려놓은 듯한 표정을 보며 차마 입이 떨어지지 않았다. 만약 여자가 나를 아는 체했다면 ……. 나는 아마도 이성을 잃었을 것이다. 차마 여자와 나란히 걸을 수가 없다. 나는 두어 발자국 떨어져 여자의 뒷모습만을 보고 걷는다.

친구 분은 어떤 사람이었어요,

여자가 뒤를 돌아보지 않고 묻는다.

나하고는 전혀 다른 친구였어요. 차분하고 언니 같은 친구…….

울컥하는 감정이 올라와 나는 말을 끝까지 잇지 못한다. 여자는 돌아보지 않는다.

중앙로에는 잎이 떨어진 은행나무가 앙상한 가지를 드러내고 있다. 나는 묵묵히, 호흡과 보폭을 가다듬으며 걷는다. 여자의 뒷모습은 분명 현애였다.

조금만 더 가면 동명동 주민자치센터가 나올 거예요. 다리 아프지 않으세요?

여자가 뒤돌아보며 말한다.

걸을만해요.

현애일 거라고 확신을 하면서도 그녀의 뒷모습을 살피게 된다.

저는 이 길을 좋아해요. 여름에는 잎이 무성한 은행나무가 그늘을 만들어 주거든요.

그랬다. 소설 속 주인공도 은행나무가 그늘을 만들어준다고 했다.

툭툭 던지는 맥락 없는 이야기 속에서도 여자와 나는 모든 걸 알아들었다는 듯 고개를 끄덕였다. 모자를 자꾸 눌러 썼던 여자가 바닷가에서 왜 그렇게 조심스럽게 말했는지 이제 알 것 같다.

저희 집에 올라가면 바다가 보일 거예요. 저는 항상 그곳에서 심호흡을 크게 하거든요.

여자가 다시 나를 돌아보며 입 꼬리를 움찔한다.

현애는 바다를 좋아했다. 뜬금없이 수민아, 기차를 타도 될까? 하고 물었던 것을 미루어보아 그녀는 바닷가 근처 어디에선가 잘 살고 있을 것이라 생각했다.

현애와 나는 양양 앞바다에서 자유를 만끽했던 기억이 난다. 밀려오는 파도소리를 들으며 목이 터져라 소리치기도 하고, 바다를 향해 서로의 이름을 부르며, 푹푹 빠지는 모래사장을 미친 듯이 뛰기도 했다. 뛰다 힘들면 현애와 나는 모래사장에 주저앉아 깔깔대고 웃었다. 그날, 하얀 포말이 유난히 하얗게 밀려오던 그 밤, 나는 결혼 5년차인 현애에게 물었다.

현애야, 결혼생활 어때? 행복해?

…….

현애는 말이 없었다.

내 나이 서른이 넘었을 즈음이다. 사실 나는 결혼이라는 것에 그다지 흥미를 느끼지 못했다. 그녀는 나에게 일이 있어 좋겠다고 했지만 나는 오히려 현애를 부러워했다. 그런데 그날, 파도소리에 정신을 빼앗겼던 그 밤, 깊고 깨끗한 어둠이 깃든 밤, 현애가 표정 없이 말을 했다.

수민아……. 현애는 내 이름을 부르고 한참 동안 말이 없었다. 파도가 하얀 거품을 일으키며 밀려왔다. 파도소리가 잠깐의 간극을 메워 주었다. 서로를 사랑하지 않는 까닭은 서로가 서로의 불 꺼진 모습만을 보고 있기 때문일 거야. 그래서 서로를 무시하고 할퀴는지 몰라……. 현애의 나지막한 목소리가 파도에 휩쓸려 사라질 것만 같았다.

그 사람은 딴 사람하고 뇌구조가 다른 것 같아. 매사에 어색하고, 감정이 없는 사람 같아. 사람 사는 방법을 전혀 몰라. 현애는 먼 바다를 바라보며 중얼거렸다. 그는 한 번도 나에게 눈길을 주지 않았어. 아침에 일어나서 웃는 모습을 본 적이 없어. 무덤 속에서 사는 기분이야. 우리는 식탁에서 밥을 함께 먹어도 한마디 말도 없이 먹어. 나는 지쳤다, 하고 미소인지 슬픔인지 모를 표정으로 말끝을 올려 무거움을 떨치려 했다. 사랑해서 결혼한 거 아니었어? 했지만 나는 무슨 말을 어떻게 해야 할지 몰랐다. 누군가의 사랑을 받는다는 것도 기적인 것 같아. 우진이 너 사랑해? 현애는 도리어 나에게 물었다. 지금도 나는 현애의 절망스러운 눈빛을 잊을 수 없다. 함께 해서 더 외롭다는 말 아니? 난 어떤 때는 숨이 막혀. 늘 우울한 표정으로 방문을 닫고 들어가는 그의 뒷모습을 보면 절망감을 느껴. 언제까지 이렇게 살아야 할까⋯⋯. 나는 현애의 슬픈 표정에 얼굴이 화끈 달아올랐다. 무슨 소리야. 현애야, 무슨 일 있어? 잘 살고 있는 거 아니었어? 네 남편은 왜 그러는데. 이유가 있을 거 아니야.

모르겠어. 정말 모르겠어.

현애는 자신의 우울한 마음을 날리듯 모래를 한 움큼 집어 공중에 흩뿌렸다.

딴 사람한테는 몰라도 왜 부부인 너를 못 쳐다보는데, 왜 눈길을 못 주는데. 네 남편 좀 이상한 거 아니니? 정신적으로 문제 있는 거 아니냐고? 병원에 가 봤어? 나는 흥분해서 말을 쏟아냈다.

내가 살기 위해서라도 병원에 가보자고 했지. 들은 척도 안 해. 정말 어떻게 해야 할지 모르겠어⋯⋯.

현애는 꽃을 봐도, 맛있는 음식을 먹어도, 낙엽이 떨어지는 것을 보아도 자신의 느낌을 말할 줄 아는 친구였다.

여자가 동명동 주민센터 골목으로 들어서자 나는 순간 정신이 아득해진다. 500미터쯤 걸으면 크지 않은 상가에 미성부동산이 나오고, 상가를 끼고 들어서면 차 한 대가 겨우 들어갈 수 있는 일방통행 길이 나올 것이다. 노면에는 일방통행이라는 선명한 글씨가 새겨져 있을 것이다. 아, 이런 우연이 있을까. 나는 앞에 걷고 있는 사람이 현애라는 사실을 다시 한 번 상기한다. 이 길은 주인공이 사는 청대문 집으로 가는 길이다. 약도 그대로이다.

현애와 나는 자매처럼 한 지붕 아래서 어린 시절을 보냈다. 우리가 살던 흑석동은 꽤나 어려운 동네였다. 우리 집에 세 들어 살던 현애네는 생활은 어려워도 화목했다. 한 살 위인 현애는 늘 배려심이 깊고 나에게 언니 같은 친구였다. 막내인 나하고는 전혀 달랐다. 어떤 때는 내 투정까지도 고스란히 받아주었다.

현애는 참 예뻤다. 가끔 교복을 입고 모자를 쓴 남학생들이 책가방을 옆구리에 끼고 대문 앞에서 어정거릴 때 현애의 아버지는 기다란 작대기를 들고 나가셨다. 아버지에게 혼찌검이 나 도망치던 남학생들의 모습을 보며 우리는 키득거렸다. 현애는 형제들이 많은 집의 장녀였다. 상업학교로 진학을 하고 부모님에게 보탬이 되겠다고 취직을 했다. 훤칠한 키에 옅은 화장을 하고, 백을 메고 출근하는 현애는 나보다 훨씬 어른스러웠다. 현애의 배우자는 분명 멋진 사람일 거라고 생각했다. 왜 그렇게 생각했는지는 모르지만 그렇게 될 것만 같았다. 그러던 어느 날, 찐빵과 만두도 먹기 힘든 시절, 현애는 제과점 빵을 들고 들어오기 시작했다. 현애 동생들은 환호성을 질렀다. 현애는 가끔 내 방을 노크했다. 빠끔히 문을 열고 들어오는 현애의 손에는 제과점 빵이 들려있었다. 볼그스름한 얼굴에는 웃음꽃이 활짝 피어있었다. 그런 날이면 나는 입안에서 살살 녹는 롤케익과 소프트 파운드 케이크를 먹으며 P의 이야기를 들었다.

나는 현애의 장례식장에서 P를 보았을 때 적개심이 일었다. 그와 눈을 마주치지 않고 조문을 했다. 영정 사진 속에 현애는 미소 짓고 있었다. 향로에 향을 꽂고 분향을 했다. 실같이 가느다란 연기가 피어올랐다. 현애가 사라진 것처럼 연기도 영정사진 앞에서 흩어졌다. 양양 바닷가에서 찍은 사진이었다. 현애와 내 어깨가 겹쳐진 사진. 나는 울컥하는 감정을 누르며 P를 쳐다보았다. P는 도대체 어떤 사람이었을까. 숨 막히게 하는 사람. 혹시 그 자신도 숨을 쉴 줄 모르는 사람 아니었을까. 내성적이고 숫기 없는 사람이라는 것은 알았지만 내가 아는 P는 심성이 나쁜 사람은 아니었다.

어느 해 겨울, 그날 보인 P의 행동은 이해할 수 없었다. 오랜만에 현애에게 전화를 걸었다. 저녁 시간이었다. 현애가 사는 아파트에서 가까운 거리에 먹자골목이 있었다. 나와 내 남자친구인 우진, 또 다른 친구 내외가 있었다. 우리는 오랜만에 뭉쳐보자고 파이팅을 외치며 현애를 불렀다. 혼자 나온 현애는, 그이는 나올 사람이 아니야, 하며 어두운 표정을 숨기려 했다. 우리는 맥주를 마시고 시간 가는 줄 몰랐다. 현애는 불안해 보였다. 집에 전화를 해도 P가 그냥 끊는 눈치였다. 현애를 바래다주기 위해 우리는 함께 현애네 집으로 갔다. 우진과 친구 남편이 현관 앞에서 P를 불러도 P는 방문을 잠그고 끝까지 나오지 않았다.

기억 나? 그때 나는 쥐구멍이라도 있었으면 했어. 너무 창피해서 어쩔 줄을 몰랐어. 눈물만 나왔어. 어떻게 사람이 그럴 수가 있니.

몇 년이 지났어도 현애는 내 기억을 확인하듯 물었다. 이해할 수 없는 P의 행동을 나는 당연히 기억했다.

수민아, 나 기차를 타도될까?
기차? 무슨 기차?

뜬금없이 앞뒤도 없이, 현애가 그렇게 말하던 날, 이상하다 생각하면서도 나는 미처 묻지를 못했다. 현애는 속에 있는 이야기를 쉽게 하지 않았다. 그날도 그녀는 어질러진 싱크대와 개수대 속의 그릇들을 깨끗이 씻어 마른행주질까지 해놓았다. 그리고 또 언니처럼 잔소리를 했다.

수민아, 결혼해야지.

못들은 척하고 있으면 수민아, 하고 또 다시 불렀다.

현애야, 결혼은 꼭 해야 하는 거니? 왜 자꾸 물어.

그럼 우진은?

개는 친구야, 어디까지나.

우진도 그렇게 생각해?

몰라.

현애가 말하기 곤란할 때 대화를 돌리듯 나는 말하기 곤란하면 '몰라'로 대답했다.

독신주의자라고 해서 남자가 필요치 않은 것은 아니야.

현애는 내 말에 어이없다는 듯 피식 웃었다. 그날, 오전부터 가을비가 조금씩 내렸다. 그녀가 돌아갈 때쯤 빗발이 굵어졌다. 그녀는 아파트 현관을 나서며 우산을 활짝 펼쳤다. 힘없이 미소를 지으며 나에게 들어가라고 손짓을 했다. 짙은 색의 우산이 그녀의 얼굴을 유난히 창백하게 했다. 멀어져가는 그녀의 뒷모습이 초겨울 나무를 닮았다는 생각이 불현듯 들었다. 그렇게 생각한 것은 그녀가 중얼거리던 몇 마디 때문인지 모른다. 왜 사는 게 이렇게 억울할까. 이렇게 살다 죽는 거 아닌지 몰라. 그녀의 얼굴에는 먹구름이 끼어 있었다. 고향으로 가고 싶다는 말도 그날 들었던 것 같다. 고향? 무슨 고향? 그 후로 현애는 한동안 소식이 없었다. 3개월 만에 다시 본 그녀의 얼굴은 무척 수척해 보였고 엷게 화장한 얼굴에는 검은빛이 배어나왔다. 나는 현애가 사라지기 전, 마지막 메일에서 그녀가 정신과 치료를 받는다는 것을 알았다.

정신과 치료를 받은 지 벌써 1년이 지났다. 번 아웃 증후군 우울증이었다. 약이 없는 날은 하루 종일 집안에서 나른하고 늘어진 몸으로 누워있었다. 음악을 틀어도 귀를 닫은 채 오디오에 깜빡거리는 불빛만 물끄러미 쳐다보았다. 빨간 불빛이 머릿속에 알알이 박혀온다. TV를 볼 때도 눈의 초점은 화면에 닿기도 전에 허공에서 멈춰버린다. 약이 떨어진 지 며칠이 지났다. 오늘은 의사와 상담을 하고 약 처방을 받는 날이다. 4월의 따사로운 봄날은 나에겐 겨울 같은 봄날이다. 어제는 기온이 17도까지 올라갔다. 약간의 바람은 불었지만 옷차림은 가벼웠다. 노란 영춘화가 활짝 피었다. 며칠 전만 해도 밥풀 알 만한 몽우리를 보았는데 나는, 시간의 개념이 없어지는 것만 같다. 눈앞에 사물이 자주 흔들렸다. 종합병원 예약은 오후 2시30분. 현관을 나서자 햇살이 눈부셨다. 눈을 뜰 수가 없었다. 언제부턴가 병원 가는 날이 유일한 외출이 되었다. 처음 의사를 대면하던 날이 떠오른다. 의사가 컴퓨터 화면을 쳐다본 채 나에게 물었다. 어떻게 오셨어요? 나는 가라앉은 목소리로 자꾸 눈물이 나오고, 잠도 안 오고, 살고 싶은 생각이……, 말끝을 흐리자 의사는 또 다시 쳐다보지 않은 채 죽·고·싶·다. 또박또박 소리내며 키보드를 쳤다. 순간 나는 모욕감을 느꼈다. 진찰실을 뛰쳐나가고 싶은 충동이 일었다. 목구멍에서 무언가가 솟구쳐 오르는 것 같았다. 전문용어를 섞어 설명하는 의사의 말은 금방 이해가 되지 않았다. 세레토닌, 도파민, 노라드레날린. 그 밖에 다양한 명칭들이 흘러나왔다. 항불안제, 항우울증 약에 대한 설명이었다. 그 후, 그 웃기는 의사에게 다시는 가지 않았다. 수면제와 아침에 일어나서 먹을 약을 처방받아 약품냄새가 꽉 들어찬 병원을 도망치듯 빠져나왔다. 눈부시도록 밝은 햇살은 온데간데없어지고 하늘에는 짙은 회색빛 먹구름만이 잔뜩 끼어 있었다. 승용차를 어디에 세워 놓았는지 잠시 당황스럽다. 차에 시동을 걸고 6번 국도를 달렸다. 빗방울이 한두 방울씩 떨어졌다. 승용차가 컴컴한 터널을 통과할 때 나는 심장이 조이는 것 같았다.

죽고 싶지는 않은데, 살고 싶지 않은 것⋯⋯. 나는 왜 현애의 마음을 헤아리지 못했을까.

긴장한 탓인지 다리에 힘이 풀린다. 호흡이 빨라진다. 낡은 주택가가 나타난다. 나는 돌계단을 밟으며 여자에게 묻는다.

이 길을 매일 오르내리기 힘들지 않으세요?

공판장에서 사실 먼 거리는 아녜요. 가까운 거린데 올라가는 길이 좀 가팔라서⋯⋯. 운동 삼아 다니면 괜찮아요.

여자가 내 운동화를 내려다본다.

괜찮아요, 저도⋯⋯.

여자는 돌계단을 지나 그림이 그려진 회색 콘크리트 담장을 지나 칠이 벗겨진 청대문 집 앞에서 걸음을 멈춘다.

여기가 제가 사는 집이에요. 어때요. 바다가 보이죠.

여자는 입 꼬리를 바짝 올리고 웃는다. 소설 속의 약도는 정확했다. 여자가 현애였다. 나는 눈물을 밀어 넣으려 눈을 껌뻑였다.

여자가 애써 고개를 돌린다. 툇마루를 올라 방 안에 들어섰다. 꽤 널따란 원룸식의 방이다.

여자가 얇은 커튼을 젖히고 창문을 연다. 예전에 현애가 내 집에 올 때마다 먼저 하는 일이 환기를 시키는 일이었다. 화분에 심어진 잎이 넓은 식물과 낮은 테이블에 씌운 테이블보 끝자락이 바람에 흔들린다. 창가 쪽으로 놓여있는 책상에는 노트북과 프린터기가 놓여있었다. 여자가 내 눈을 의식해서인지, 혼자 사는 집이라 그냥 이렇게 살아요, 하고 말한다.

글을 쓰시나 봐요?

나는 어질러진 원고와 책꽂이의 책을 쳐다보며 말한다.

네 틈틈이…….

불현듯 잠자리에서도 손가락이 저절로 움직인다는 현애의 말이 생각난다.

수민아, 나 정말 이상하지. 조용히 생각에 잠겨있을 때라든가, 잠자리에 들어서 조차도 내 손가락이 컴퓨터 자판을 두드리고 있는 시늉을 해. 손가락이 신경 줄을 타고 저절로 움직이지 않겠니. 이건 무슨 증상일까. 몇 년 전부터 이런 버릇이 생겼어. 그런데 기분이 썩 나쁘지는 않아. 현애는 깔깔대고 웃었지만 시커먼 잿더미 속에 불씨 하나를 간직한 채, 그녀는 키보드에 손을 올리고 자음과 모음을 꼭꼭 눌렀을 것이다.

수민아, 나 기차를 타도 될까?

기차? 무슨 기차?

잊혀지지 않는 그 짧은 문장이 또 다시 스쳐지나간다.

보일러를 켰으니까 금방 따뜻해질 거예요.

여자는 마주 앉지 않으려는 듯 분주하다. 주방에서 쌀을 씻고 이른 저녁을 하기 시작한다. 그리고 가방에서 북어를 꺼내며 말한다. 제 친한 친구가 있었어요. 그 친구는 몸에 찬바람을 타면 배가 자주 아프다는 말을 했거든요. 아까 무릎담요로 배를 감싸시던데……. 북엇국 괜찮으세요? 하고 묻는다. 여자 아니 현애는 내가 북엇국을 좋아한다는 것을 기억하고 있었다. 북엇국을 끓이고 P와 살던 습관대로 냄비 밥을 한다.

아까 말한 그 친구 남편이라는 분……. 어떻게 됐어요?

여자는 밥을 먹다 말고 낮고 차분한 목소리로 묻는다.

오래전 혼자라는 소식은 들었는데 지금은 연락이 끊겼다는 말에, 여자의 얼굴이 어두워지는 듯하다.

그럼 아이는요…….

아이는 외갓집에서 잘 자라 결혼해서 가정을 꾸리고 살고 있어요.

여자는 잠깐 눈을 감았다 뜬다.

한때 저도 힘들게 살았지만 사는 게 다 그런 것 같아요. 모든 게 다 운명이고, 손바닥의 손금은 피할 수 없나 봐요. 젊은 날 사랑을 받는 인간과 못 받는 인간의 차이는 빛과 어둠의 차이만큼이나 크다고 생각했거든요. 지금 이 나이가 되니까 사랑? 사랑이라는 거 아무것도 아네요. 부질없는 짓이죠. 스스로가 팔자를 만든다는 말이 맞는 것 같아요. 누구를 탓하겠어요.

여자는 벽에 걸린 십자가를 올려다본다.

지금 남편분하고 행복하세요?

내가 양양에서 현애에게 행복해, 하고 물었던 것처럼 여자가 나에게 묻는다. 나는 울컥한다. 얼른 밥을 한 수저 떠서 입에 물었다. 목이 메일 것만 같았다. 여자가 국을 더 떠오겠다고 슬며시 일어난다. 여자와 나는 말없이 밥을 먹는다. 어느새 창문 밖에서 어둠이 밀려든다. 우리는 나란히 이불을 펴고 천장을 보고 누웠다. 여자 아니 현애에게 네가 왜 사라졌는지, 왜 죽은 자가 되었는지, 살아있었다면 왜 나타나지 않았는지, 몇 번이고 묻고 싶었다. 현애는 지금 무슨 생각을 하고 있을까. 눈물이 흐른다. 여자가 돌아눕는 것을 보고 나도 슬며시 돌아눕는다. 아침이 밝아온다. 여자와 나는 툇마루에 앉아 말없이 떠오르는 해를 바라본다. 하늘에는 불그레한 빛이 가득 퍼진다. 붉은 해는 완전히 떠올랐다. 넘실거리는 바다 위로 주황빛이 물든다. 아침햇살을 뚫고 멀리서 기차소리가 들린다.

그는 나에게 아무나가 아니었다

'삐삐삐'

그가 비밀버튼을 누른다. 잠금장치가 부드럽게 풀린다. 나는 잔뜩 기대된 눈빛으로 그의 모습을 바라본다. 이 순간을 얼마나 기다렸던가. 오피스텔은 한눈에 보아도 고시원에 비할 바가 아니다. 일자형 구조의 실내는 기대만큼이나 심플하고 깔끔하다.

와, 좋다. 인태씨.

나는 목소리 톤을 높인다. 미니멀 라이프, 라고 그가 코를 찡끗거리며 으스대듯 손을 들어 보인다.

살기 어때?

나는 들뜬 목소리로 묻는다.

한번 둘러봐.

인태는 올라오는 기분을 자제하려는 듯 목소리 톤을 낮춘다. 20대가 아닌 우리는 서로가 호들갑 떨기에는 민망하다. 그러나

감출 수 없는 기쁨은 이내 가벼움으로 바뀐다.

2층에도 올라가 보고, 싱크대도 열어 봐. 자 여기 옷장 문도 열어 보고.

원목으로 된 옷장은 나뭇결이 선명하다. 그가 수선스럽게 말하며 옷장의 문고리를 잡아 활짝 연다. 열어 보인 옷장 속에는 속옷 하나 흐트러짐 없이 정리되어 있다. 그의 체취가 훅, 느껴진다. 옷장에는 벌써 인태의 냄새로 가득 차 있다. 문득 인태가 살았던 환경의 고시원이 생각난다. 그가 무던히 이겨냈던 고시원이다. 그 환경이라면 그가 말했듯이 소개팅 하던 여자들이 갑자기 연락 두절이 될 법도 했다. 나도 고시원에 들어서는 순간 무어라 말할 수 없는 실망감을 느꼈으니까. 그녀들이 영악해서가 아니라 그것이 현실이었다. 그는 경제력이 부족하지만 여러 가지로 가능성이 있는 남자라고 나는 말하고 싶다.

이 남자라면……

그를 믿어보기로 했다. 그가 오피스텔을 계약해 놓고 차도영, 이제 뭔가 나에게도 희망이 보이는 것 같아, 하던 말을 기억한다.

도영아, 이리 와봐.

그는 2층으로 올라가는 첫 번째 계단에 발을 디디며 나를 부른다. 한 사람이 올라갈 수 있는 미니멀한 오피스텔에 어울리는 좁은 계단이다. 2층 매트리스가 깔린 침실은 아늑하다. 앉아봐. 그가 내 손을 잡아끈다. 침대 커버는 부드러웠다. 어때 괜찮지? 그는 나를 보며 벙긋거린다. 매트리스 옆 벽면에는 작은 액자 세 개가 나란히 걸려있다. 오랜만에 보는 흑백사진이다. 티 한 장이라도 각을 잡는 그답게 삐뚤어짐 없이 걸려있다. 사진이 멋있다는 말에 그는 만족한 미소를 짓는다. 1층 벽면에는 정사각형의 커다란 플래카드가 걸려있다. 사방으로 핀을 박아 설치해놓은 청남색의 천은 WORK HARDER, 라는 큼지막한 단어가 인쇄되어 있다. 입체적인 글씨는 글씨만으로도 충분히 멋있다. 펄이 들어간 글씨는 조명 빛에 빛난다. 그는 하드록 메탈리카를 좋아했다. 아래층 큰 창문 아래에는 2인용 소파가 놓여있고, 다리를 올려놓을 수 있는 꼬마의자도 있다.

인태씨, 소파에 앉아봐.

그는 거리낌 없이 포즈를 취한다. 휴대전화 렌즈 속에는 그가 활짝 웃고 있다. 잠시 렌즈 속 그를 은밀히 바라보았다. 고시원에서 사느라고 고생했어. 인태씨, 라고 말하고 싶었지만 고시원을 떠올리게 하는 말은 하고 싶지 않다. 지금 이 순간에 충실하고 싶다. 그는 오랜 기간 고시원 생활을 하면서도 고생이라고 생각하지 않았다. 불평과 엄살을 부릴 줄 몰랐다. 비관적인 말은 더더욱 할 줄 몰랐다. 사람은 말이야 이렇게도 저렇게도 살아봐야 하는 거야. 어처구니없고 허풍스러운 말이었지만 나는 픽 웃고 말았다.

비싼 물건은 없었다. 가장 비싼 건 침대 머리맡에 있는 원목으로 된 2단 장식장이라고 했다. 탁상용 조명이 올려져 있다. 싱크대 옆에는 새로 산 전자레인지가 놓여있었다. 그는 직원들과 친구들이 하나씩 맡아 사줬다고 하얗게 빛나는 전자레인지를 손가락으로 톡톡 친다. 필요한 것은 인터넷을 통해 저렴하게 구입했다. 비싸고 좋은 물건을 사서 마르고 닳도록 쓰던 세대와는 다르다. 기품하고는 다른 느낌이지만 아직은 가볍고 산뜻하게 사는 것도 괜찮을 터이다.

7평 정도 되는 오피스텔을 그는 무척 마음에 들어 했다. 주방 시설과 세탁기, 냉장고 등 빌트인 되어 있었다. 비록 작은 오피스텔이지만 그가 만족해하는 모습을 보며 40대가 가까워오는 우리는 20대가 된 기분이었다. 남들을 의식할 필요는 없었다. 아무렴 이떠한가, 이 오피스텔이라면 둘이 못 살 것도 없었다. 4평 남짓한 고시원에 비할 바가 아니다.

그가 고시원을 탈피하는 과정은 그리 어렵지만은 않았다. 그가 그동안 적극적으로 하지 않았던 것은 집에 대한 절실함이 없었어서였다고 생각한다. 본가가 없는 것도 아니고 큰아들이라는 즉, 장남이라는 책임감이 가슴 깊이 자리하고 있던 그였다. 그는 자기가 살 곳은 본가라고 생각했다. 친구들이 부모에 대해 무성의한 말을 하거나 요즘 세상에 장남? 무슨 장남, 장남이 어디 있어, 라고 말하면 너희가 사람이냐, 하며 얼굴을 찡그렸다. 그런 면에서 인태는 친구들에게 별종이었다.

인태씨, 괜찮아. 고시원이면 어때. 그냥 자기 사는 모습이 보고 싶어서 그래.

그에게 어느 정도 호감이 갈 무렵, 그가 사는 모습이 궁금했다.

그는 회사 로고가 있는 차를 몰고 다녔다. 차를 세운 곳은 작은 건물들이 다닥다닥 붙어 있는 신림동 고시원 밀집 지역이었다. 고시원 앞에 주차를 하고 좁은 계단을 통해 2층으로 올라갔다. 마음이 착잡했다. 그가 현관문의 도어를 비틀려 할 때 어디선가 가느다란 고양이 울음소리가 들렸다. 긴장한 나는 깜짝 놀라 그의 팔을 잡았다. 온몸에 소름이 돋는 줄 알았다. 그가 표정 없이 내 손을 잡았다.

차도영, 어서 들어와.

작은 공간이었다. 나는 신발도 벗지 못한 채 현관에 우두커니 서 있었다. 살펴볼 것도 없는 실내를 두리번거렸다. 그가 자신은 고시원에서 산다고 고백했을 때 나는 황당한 나머지 아무 말도 할 수 없었다. 헉, 고시원이라니…… 이 나이에……, 눈앞이 캄캄했지만 나는 침착했다. 그렇다고 그가 내 속을 모를 리 없을 터이다. 햇빛이라고는 전혀 들어올 수 없는 고시원이었다. 햇볕은? 나는 창문에 처진 방범용 창살을 쳐다보며 물었다. 잠만 자러 들어오는 곳인데 햇볕이 뭐 필요해. 그는 태연한 척 대답했다. 빨래는? 빨래방에서 하지. 방범창 너머로 콘크리트 벽이 마주하고 있었다. 공간은 당혹스러웠다. 평소에 궁기나 곤궁함 같은 것은 전혀 찾아볼 수 없었던 그의 표정도 조금은 긴장되어 보였다. 화장실이 딸린 4평 남짓한 실내에는 낡은 비키니 옷장과 책상 하나가 놓여있었고, 책꽂이에는 책 대신 잘 개켜진 옷들이 차곡차곡 올려져 있었다. 그리고 작고 오래된 TV 한 대가 전부였다.

인태씨, 너무 좁다.

그것이 내 당혹스러움의 표현이었다. 잠만 자는 곳이라는 것을 그는 재차 강조했다. 화장실에는 떨어진 타일이 보였지만 깨끗하게 청소되어 있었다. 그의 깔끔한 성격을 짐작할 수 있었다. 그가 좋아하는 여러 가지 색깔의 모자가 데코레이션처럼 벽에 걸려 있었다. 티 한 장이라도 귀퉁이가 하나 틀어지지 않게 각을 잡아 개켜 놓았다. 공동화장실을 쓰는 고시원에 비하면 자신은 그나마 화장실이 있어 다행이라는 듯 천연덕스럽게 말했다.

인태씨, 좀 옮겨봐야지.

괜찮다니까. 난 이대로가 편해.

한동안 그는 그렇게 말했다.

우리 결혼은 생각 안 해?

결혼? 너 나하고 결혼할 생각 있냐?

어떻게든 나는 그가 고시원에서 나오기를 바랐다.

사실 작은 오피스텔이라면 못 살 것도 없었다. 요즘같이 집 마
련하기 어려운 세상에 결혼을 하고, 임시로 오피스텔에 사는 친
구들도 더러 있었다. 그가 소개팅했던 여자들이 떠나야 했던 또
다른 이유는 부모님의 생활비를 대야 한다는 것이었다. 그렇다고
전적으로 대는 것은 아니었다. 부족한 만큼만 채웠다. 월급 타서
부모님께 생활비를 보내 드리고 고시원 월세 내면 그만이라던 인
태가 마음의 동요를 일으키기 시작했다. 급관심을 보였다. 딴 여
자들처럼 떠나지 않을 것이라는 믿음을 가졌던 모양이다. 그동안
시큰둥하던 인태가 대출을 이용해보자고 구체적인 계획을 세우
기 시작했다. 모아둔 돈을 보태고 고시원 월세 낼 돈으로 은행이
자를 내면 가능할 것도 같다고 말했다.

차도영, 이제 내게도 뭔가 희망이 보이는 것 같아.

어느 날, 전화기를 통해 들려오는 인태의 목소리는 차분하고
진지했다. 그 진지함이 깊어 나는 아직도 그 짧은 문장이 머릿속
에 남아있다. 당당한 모습을 보였던 인태가 속마음을 비친 것은
처음 있던 일이었다. 나도 절망스러울 때가 있었다. 중학교 2학
년 때부터 무용을 하기 시작했다. 예고에 들어갔고 한국 무용을
전공했다. 나는 대학원을 가기 위해 준비 중이었고, 부모님은 큰
음식점을 경영하고 계셨다. 그때는 해외 원정도 자주 나갔다. 잘

나가던 집안이 아버지가 주식투자를 하면서 형편은 급속도로 나빠졌다. 나는 대학원을 포기하고 주민자치센터나 문화센터에서 한국 무용을 가르치기 시작했다. 탄탄대로로 여겼던 내가 한 번에 직격탄을 맞은 셈이다. 절망했지만 무용에 대한 희망은 접을 수가 없었다.

그는 주말을 이용해 오피스텔을 보러 다녔다. 회사 일을 하면서 시간을 쪼개 개인적인 일을 본다는 것은 여간 번거로운 일이 아니었다. 그는 자신이 하는 일에는 끝을 봐야 하는 성격이었다. 빠르고 정확하게. 조금 느긋한 나하고는 달랐다. 결혼에 대해 구체적인 이야기는 하지 않았지만 서로의 진심은 잘 알고 있었다.

그는 이사하기 전 오피스텔의 가구 배치할 설계도를 뽑았다. 살면서 하나하나 필요한 것을 사라고 했지만 그는 이사한 다음날로 인테리어까지 완벽하게 정리돼 있을 거라고 너스레를 떨었다. 급하긴…… 천천히 해. 나는 누나처럼 말했다. 조명회사에 다니는 그는 이사하기 전날 직장 후배를 동원해 새로운 조명을 달고, 머릿속에 그려진 대로 이사한 다음날 커튼까지 달아놓았다. 전세인데 뭐 하러 조명까지……, 라는 말에 그는 사는 동안은 자신의 맘에 들게 살고 싶다고 말했다.

조명회사 다니는 인태와 한국 무용 하는 나는 분야가 다르지만 아주 다르다고는 할 수 없었다. 그는 인테리어 감각이 있었고 조명의 디자인을 하면서 회사의 책임을 맡고 있었다. 그는 묘하게 바깥에서부터 경계선을 허물었다. 조용히 스스럼없이 편하게 다가왔다. 그의 손이 내 몸에 닿았을 때 당황스럽다기보다는 작은 희열을 느꼈다. 그의 체취를 느끼며 향기로운 거품이 내 주위를 감쌌다.

인태씨, 괜찮은 사람이야. 만날수록 좋을 걸.

소개팅을 해주던 선배가 말했다. 괜찮다는 말, 그 말은 무척이나 넓은 의미의 말이었다. 좋은 사람보다, 괜찮은 사람…….

저는 머리가 길고 초록색 머플러를 하고 있어요.

그와 처음 통화하던 날, 그는 약간 멈칫했다. 순간 내가 70년대 사람처럼 말했다는 것을 알아차렸다.

고전적인 느낌이 드네요.

웃음 띤 중저음의 목소리는 호기심을 불러일으켰다. 문득 콘트라베이스, 바순의 악기가 떠오른 것은 그의 목소리 때문이었는지 모른다.

저는 밤색 반코트에 앵글 부츠를 신고 나갑니다.

그는 내 촌스러운 말에 응답하듯 그렇게 말했다.

압구정역에서 내려 5번 출구로 올라가면 베이커리 겸 커피전문점이 있어요. 1층은 좁고 복잡하니까 지하로 내려오십시오. 그가 일러주었다. 지하는 무척 넓었다. 실내는 별 장식 없이 중간 중간 긴 테이블이 놓여있었다. MT를 해도 좋을 듯했다. 책을 읽는 사람과 노트북을 들여다보는 이도 있었다. 사람들은 드문드문 앉아 있었다. 나는 계단이 보이는 쪽을 향하여 앉았다. 달라붙는 청바지에 갈색 반코트를 입고 앵글 부츠를 신은 보통 키의 남자가 계단에서 내려와 두리번거렸다. 나는 그를 한눈에 알아봤다. 엉거주춤 일어나 손을 들어 보였다. 뚜벅뚜벅 걸어오는 그의 발걸음은 경쾌했다. 차도영씨? 하고 불렀을 때 역시 중저음의 목소리가 호기심을 자극했다. 대답은 한 템포 늦었다. 캐주얼한 세련미를 갖고 있는 그였다. 그렇다고 한눈에 반한 것은 아니었다. 당당한 이미지의 남자였다. 음, 괜찮네. 속으로 생각했다.

차도영, 너 정신 차려, 하는 소리가 어디에선가 들리는 것 같았다. 많이 기다렸어요? 그가 물었다. 아뇨, 저도 방금 왔어요. 사실 나는 30분 전에 도착했다. 코로나 때문에 공공기관에서 하는 강의가 올 스톱되었지만 개인 레슨 하는 제자가 몇 명 있었다.

그의 발음은 또렷했다. 얼굴은 나이보다 어려 보였고 눈빛은 살아있었다. 얼굴이 상당히 작으시네요. 그도 내 외모를 아주 빠르게 스캔한 듯 말했다. 얼굴까지 동안인 그보다 한 살 위인 나는 혹시 눈가에 잔주름이 보이지 않을까 걱정했지만 조명의 채도는 낮았다. 그가 내 얼굴에 초점을 맞추는 듯했다. 나는 더욱더 눈꼬리에 힘을 주었다.

어때요, 다음에 또 볼까요?

저녁을 먹고 헤어질 때쯤 그가 물었다. 나는 두어 번 눈을 깜빡이고 고개를 끄덕였다. 산전수전은 아니더라도 나이를 먹은 만큼 멘탈은 강했다. 감정의 시그널에 묘한 파동이 일었다.

나는 비혼주의자가 아니다. 결혼한 친구들은 혼자 사는 것이 로망이라고 진담 반 농담 반을 했지만, 그것은 결혼한 친구들의 여유인지 모른다. 나는 이제 소개팅에 지쳐 있었고 별 흥미도 못 느끼고 있었다. 무용을 하며 혼자 사는 것도 괜찮겠다고 막연하게 생각할 무렵.

도영아, 괜찮은 사람 있어 만나볼래?

선배가 하는 말에 나는 고개를 절레절레 흔들었다. 그동안 소개팅으로 얼마나 많은 시간을 낭비했던가. 선배는 끈질기게 나를 설득했다. 그런데 인태를 만나면서 그런 생각이 무색할 정도로 꼬리를 감추었다. 인태도 주위 사람들의 소개팅에 지쳐 있었다. 고시원에서 혼자 사는 것에 익숙해져 있었고, 속 편하게 혼자 사는 것도 나쁘지 않다고 말을 했다. 그렇다고 연애를 포기하는 것은 절대 아니라고 이죽거렸다. 그와 나는 자주 만났고 스스럼없이 솔직하게, 술잔을 기울이며 서로를 알아갔다.

오피스텔로 이사하면 제일 먼저 도영이를 초대할게.

그는 이벤트식으로 오피스텔을 보여주려 했다.

남영역 근처에서 그를 만나기로 했다. 퇴근시간이라 전철 안은 복잡했다. 서 있는 승객들 사이로 좌석에 앉은 젊은 여자가 보였다. 휴대전화를 들여다보고 있는 여자는 쌍꺼풀 수술과 앞트임 뒤트임까지 한 눈이다. 여자의 어색한 얼굴을 쳐다보며 나도 모르게 슬그머니 눈언저리에 손이 올라갔다. 콧바람을 크게 내뿜고 눈꺼풀을 아래로 떨구었다. 전철 안은 붐볐고 벌써 저녁 7시가 가까워져 왔다. 그는 퇴근하지 않고 사무실에서 나를 기다릴 것이다. 지하철역에서 환승을 하기 위해 에스컬레이터를 타고 지하 2층으로 내려가는데 코트 주머니 속에서 착신음이 울렸다.

지금 어디야?

거의 다 왔어.

다행히 내가 있는 곳에서 남영역까지는 몇 정거장 되지 않았다. 밖은 유난히 어두웠다. 남영역 앞에는 공사용 가로막이 쳐져있었다. 가로등 불빛은 어두침침했다. 변두리라고 하지만 서울 시내인데 조명이 어둡다는 것이 이해가 되지 않았다. 나는 고개를 들어 불빛을 찾아보았다. 가로등 불빛이 어슴푸레 머리 위를 비추었다. 역을 끼고 왼쪽으로 돌자 바로 횡단보도가 나타났다. 어둠을 빨아들인 빨간 신호등은 검붉어 보였다. 높지 않은 네모난 건물에서 중간 중간 노란 불빛이 새어나왔다. 나는 캄캄한 밤하늘을 올려다보며, 새어나오는 불빛이 어둠을 더 아름답게 할 수도 있구나, 생각했다. 무대 위의 무용수는 불이 꺼진 관객석을 마주하며 자신의 모든 것을 풀어낸다. 어둠과 빛은 상대적이지만 가장 아름답고 강렬한 것을 연출해 낸다. 횡단보도의 흰 유도선이 야광처럼 빛났다. 그가 건너편 흰 승용차 안에서 크게 손짓을 했다.

어때, 오피스텔 맘에 들어?

인태는 고개를 끄덕이며 남영동에서 구로미디어단지 쪽으로 차를 몰았다.

그가 꾸며놓은 오피스텔을 볼 생각에 기대가 되었다. 그동안 오피스텔이 궁금했지만 그는 다 정리되면, 이라고 말했었다. 막히는 구간이 있었지만 퇴근시간이 조금 지난 후라서 그런지 교통의 흐름은 수월했다. 우리는 중간에 내려서 유명하다는 갈비탕 집에서 저녁을 먹고, 다시 차에 올랐다. 오디오의 불빛이 반짝이며 잔잔하고 호소력 짙은 음악이 흘러나왔다. 가수 누구야? 신용재의 〈첫줄〉, 요즘 핫한 가수인데 얼굴은 잘 알려지지 않았어. 그의 차에서 자주 흘러나오는 음악이다. 오피스텔에서 용산까지 출근할 때 걸리는 시간이 궁금했다. 그가 마치 내 생각을 읽었다는 듯 러시아워 시간에는 좀 막히는 구간이라고 말했다.

신림동 고시원에서 나온 게 참 잘한 거야. 그치?

나는 고개를 돌려 인태의 얼굴을 쳐다보았다.

응, 백번 났지.

나는 백번이라는 말에 슬며시 코웃음이 나왔다. 고시원에서 마냥 살 것 같은 그가 만족하다는 뜻일 터이다. 대학 다닐 때도 4년 내내 원룸 생활을 했다는 그는 혼자 사는 것에 익숙해져 있었다. 나는 그의 환경이 바뀌기를 누구보다도 바랐다. 그의 부모님은 경기도 H에 살고 계셨다. 그와 결혼을 하면 본가에 들어가 살 것인지, 따로 살 것인지에 대해 구체적인 이야기는 하지 않았다. 그의 부모님은 결혼이 자꾸 늦어지는 아들을 보며 안타까워하셨다. 사십이 되어가는 딸을 둔 내 부모님은 아예 입을 닫아버렸다. 그의 어머니는 결혼하면서 시집살이를 하셨기에 아들만큼은 자유롭게 살게 해 주고 싶다고 했다. 부모하고 함께 살 생각하지 말라고. 서로가 불편한 건 힘든 것이라고. 살다 나중에 들어올 형편이 되면 그때 생각해보자고. 요즘 시집살이할 색시도 없거니와 그러면 결혼은 못한다고. 하지만 그는 큰아들에 대한 책임감을 갖고 있었다. 가족에 대한 애착도 컸다. 그가 다니는 회사는 작지만 안정된 직장이었고, 그는 회사 창립 멤버였다. 회사 로고가 새겨진 차를 몰고 다니던 인태는 그 사이 법인 승용차도 제공받았다.

인태의 하얀 투싼은 신호등에 걸려 멈추었다. 건너편 왕복 8차선 대로에는 빛과 어둠을 뚫고 승용차들이 순조롭게 교통의 흐름을 타고 있었다. 승용차들이 뿜어내는 불빛이 하늘의 어둠을 더 짙게 했다. 나는 낯선 곳을 탐색하듯 차창 밖을 살펴보았다.

여기는 번화가네.

대로변 양쪽 상점에서 화려한 조명이 뿜어져 나왔다.

응, 이 동네에서는 여기가 시내야. 저기 사거리 지나 고가도로 보이지.

승용차에서 바라보이는 고가도로 주변은 캄캄했다. 밤이라 어디가 어딘지 분간할 수가 없었다. 승용차는 고가도로 옆길로 들어섰다. 희뿌연 가로등이 골목을 비추고 있었다.

차도영, 여기가 좀 컴컴하지. 다 왔어.

그가 능숙하게 핸들을 돌렸다. 오피스텔은 바로 남부순환로 옆이었다.

시끄럽지 않아?

창문 닫고 있으면 괜찮아.

나는 좁은 고시원을 떠올리며 그의 어깨를 토닥였다. 어허, 남자의 어깨를. 그는 입을 삐죽거리며 우스꽝스러운 표정을 지었다. 나는 깔깔거리며 웃었다.

오피스텔은 대로변이지만 진입로는 골목을 통과했다. 그가 말한 대로 상점들이라고는 전혀 보이지 않았다. 아무것도 없다 하여 허허벌판인 줄 알았더니 생필품을 살 수 있는 편의점은 있었다. 이왕이면 가로등이라도 좀 밝았으면 했지만 그가 전세금에 맞춰 애써 선택한 곳이었다. 그 대신 내부의 환경이 괜찮으면 그만일 터이다. 우회전을 두 번하고 지하주차장으로 내려갔다. 고시원에서는 비나 눈이 오면, 타고 내릴 때 무척 불편했던 모양이다. 지하주차장을 이용할 수 있다는 것에 그는 매우 만족해했다.

인태는 주차선 안에 정확히 주차시켰다. 엘리베이터를 타고 올라가면서 우리는 말이 없었다. 궁금한 자와 보여주는 자의 긴장감이 흘렀다. 복도의 전등불이 그와 나를 비추었다. 또각또각 구둣발 소리를 내며 그의 뒤를 따랐다. 그는 602호 문 앞에서 나를 보고 씽긋 웃었다. 나도 씽긋 웃었다. 옆 오피스텔 문 앞에는 배달된 생수통이 한 묶음 놓여 있었다. 인태가 '삐삐삐' 비밀버튼을 누르며, 이사 온 지 며칠이 지났는데도 아직도 생수가 그대로 있다고 말했다. 불현듯 혼족이란 단어가 떠올랐다. 혼족은 이미 일반화된 시대가 되었다. '이 세상에서 가장 강한 인간은 고독 속에서 혼자 서는 인간이다.' 어느 철학자의 말이 생각났다. 그것은 문학에서나 가능할 법한 문장이다. 고독이란 단어는 멋지고 매력적이지만 나에게는 음습하게 다가온다.

인태는 유머도 있고 그가 있는 곳에는 늘 웃음소리가 났다.
도영아, 네 남친 꽤 괜찮다. 놓치지 마.
친구들은 그가 연하라는 말에 박수까지 쳤다.
얘, 너 횡재했다. 중년의 냄새가 물씬 풍기는 남자보다는 훨 낫다.

누구보다 부모님이 좋아하셨다. 요즘 세상에 결혼에 적령기가 없다지만, 사십이 가까워오는 신랑과 신부가 양가 부모님을 애태우게 한 것은 사실이었다. 어떤 친구는 나이가 먹을수록 따질 건 더 따져야 한다고, 여태껏 기다렸는데 아무한테나 갈 수 없다고, 작은 아파트 한 채라도 가지고 있어야 한다고 말했지만 그건 희망사항이었지 꼭 필요한 조건은 아니었다. 시작은 좋아도 힘겹게 사는 친구들을 보았다. 자존심을 세워 봤자 플러스 되는 건 아무것도 없었다. 무엇보다 나는 그와 함께 있으면 지루하지 않고 자꾸 웃음이 나왔다. 나는 분명 그를 사랑하고 있었다. 말이 잘 통했다. 무대 위에 커튼이 열리고 쏟아지는 조명 빛을 받는 것처럼, 어쩌면 인태에게서 그런 느낌을 받았는지 모른다.

차도영, 우리 이 나이에 밀당하지 말자.
함께 고시원에 가기 전, 소맥 집에서 그가 솔직하게 말을 꺼냈다.
소개팅을 수도 없이 많이 했지만 시간이 너무 많이 소비돼. 이제 밀당하는 것도 피곤하고. 도영씨도 그건 마찬가지 일거야. 허심탄회 하게 말할게. 난 아파트도 없고 현재 고시원에 살아. 장남이고 부모님 생활비를 드려야 해. 그리고 결혼을 한다면 이런 계획이 있어, 라고 앞으로의 비전을 말했다. 아주 절망적이지는 않았다. 이어 그는 말했다.

얘기인즉, 그동안 그를 좋다고 매달렸던 여자들이 부모님한테 생활비를 드려야 한다고 말하면 그다음 날로 연락이 끊겼다. 친구들은 처음부터 그런 말을 하지 말라고 했지만 인태의 경험으로 일찌감치 말하는 게 좋겠다고 판단했다. 나중에 말하면 하나같이 떠났고, 돈과 시간을 낭비하는 꼴이 되었다. 그는 그런 과정들이 엿 같다고 말했다.

나는 무표정하게 그의 말을 들으며 남은 소주를 털어 마셨다. 소주잔이 비워지자 그가 다시 잔에 술을 채워주었다.

마셔.

그의 목소리는 약간 갈라져 있었다. 백열등 두 구가 벌겋게 달아오른 석쇠를 비추고 있었다. 숯불에서 타다닥 튀어 오르는 불꽃을 우두커니 쳐다보았다. 탄 고기에서 그을음이 올라왔다. 종업원이 석쇠를 갈아주었다. 그는 부드러운 말투로 종업원에게 고맙다고 말했다. 운전대를 잡은 그의 옆모습을 나는 종종 훔쳐보았다. 강인함도 있었다. 자신의 일을 포기하지 않고 잘해 낼 수 있는 남자라고 생각했다.

생각은 나중에 하고 어서 먹어.

그가 고기 한 점을 집어 접시에 올려주었다. 그는 분위기를 회복하려는 듯 고기를 파절임에 싸서 입에 넣고 자각자각 씹었다.

나는 짧은 순간에 감정의 결을 정리하자고 스스로를 다독였다.

그래 마시자.

말할 때 그가 다시 말했다.

어떠한 결정이 나오더라도 도영씨를 탓할 마음은 일도 없어. 내 말이 마음에 안 들면 여기서 스톱해도 돼.

술 몇 잔이 들어갔다.

도영아, 넌 모나지 않아서 좋다.

그래서 우리 엄마가 나보고 둔하다고 하시나?

노오, 노오! 둔하다니 그렇지는 않아.

사실 나는 잘 상처받는 성격도, 예민한 성격도 아니었다. 깍쟁이 같은 기질은 더더욱 없었다. 사람들은 무용을 한다고 하면 사치를 하고 허영기가 많은 줄 알지만 그것은 선입견에 불과했다.

싸가지 없는 것들이 너무 많아. 그렇다고 걔들을 나무라고 싶지는 않아. 사람은 다 자기 입장에서 이해타산이 있게 마련이니까.

취기가 감돈 듯 불그스름한 얼굴의 그가 무심하게 말을 던졌다.

싸가지…….

그동안 그 범주 안에 나도 있었는지 모른다. 소주잔에 남은 술을 마셨다.

이제 네 앞가림은 네가 하거라. 아버지는 결혼을 하게 되어도 2천만원 이상은 안 된다고 했다. 그것은 집안의 전통이었다. 언니가 결혼할 때도, 남동생이 결혼할 때도 그랬으니까.

그와 둘이서 소줏집 문을 열고 나올 때 가로등 불빛이 머리 위를 비추었다. 이상스럽게도 세상과 단절된 우리 둘만의 공간이 생긴 듯했다. 서울시내의 조명이 별빛처럼 빛났다. 인태의 팔에 내 팔을 감았다. 그의 체온이 차가운 밤의 온도를 따뜻하게 했다. 그는 나의 가장 현실적인 위치에서 만난 사람이었다. 그는 진정성 있게 나를 대했고 모든 이야기는 술잔을 나누며 이루어졌다. 그것은 우리에게 매우 중요한 구간이었다.

오피스텔은 우리가 서로를 잘 알 수 있는 은밀한 공간이었다.

그곳에서 우리는 서로를 포옹하고 입술을 포개었다.

인태씨, 자기 부모님이 사시는 집에 가 보고 싶어. 나 데려갈 수 있어?

그를 사귄 지 일 년이 가까워 올 무렵, 인태보다 한 살 많은 나는 그의 부모님이 어떤 분인지 궁금했다.

차도영, 너는 어느 시대 사람이냐. 걱정하지 마.

그는 자신 있게 말했다.

나만 믿어. 엄마는 내가 하는 일은 잘 믿어주시는 편이야.

그는 맺고 끊는 것이 정확했다. 꼼꼼하고 빈틈이 없었다. 그는 자신이 앞으로 어떻게 살 것인가에 대해 계획을 가지고 있었다.

그는 나에게 아무나가 아니었다 127

인태라면 가능하리라 생각했다. 꼼꼼한 그에 비하면 나는 허술한
편이었다.

그런데 너 그거 아니? 걔들은 노후대책까지 묻더라. 회사 로고
가 들어간 차를 타고 나가면 계집애들이 주차장에서 들어오지도
않고 없어져. 기가 막힐 노릇이야. 또는 차를 마시다가도 화장실
에 간다고 없어져.

그가 기가 막힌 듯 웃었다. 나는 웃을 수가 없었다. 인태의 수
모와 모욕이 내게로 다가왔다.

미쳤어, 매너 진짜 없는 것들 아냐!

그 말은 내 입에서 튀어나왔다.

우선은 퇴직금을 중간 정산하고 대출을 좀 받고, 가진 돈을 합
하면 오피스텔은 들어갈 수 있을 거야. 1~2년 더 기다릴 수 있어?

그가 말하던 날 나는 고개를 끄덕였다. 올려다보면 한도 끝도
없지만 그것보다 더 어려운 사람도 많았다. 내가 소개팅 그렇게
많이 해봤어도 너같이 어수룩한 사람은 처음이다, 그가 말했지만
인태가 나를 좋아 한다는 것을 너무나 잘 알고 있었다. 내 마음을
확인하듯 그는 가끔 한 마디씩 던졌다. 부모님의 생활비에 대해.
그것은 그에게는 빼놓을 수 없는 중요한 것이었다. 나는 무용 강
습이 끝나고 하루가 멀다 하고 그를 만났다. 영화를 보거나 어둑
어둑할 때까지 함께 걸었다.

설사 인태와 살면서 문제가 생기더라도 그것은 그때 가서 해결책을 찾으면 될 일이다.

내가 군에 있을 때 어머니는 참 남달랐어. 신문의 사설을 오려서 보내준다든가, 부채에 붓글씨를 써서 보내주었지. 편지는 또 얼마나 자주 하셨는데. 그때 아마 내 문장 실력도 늘었을 걸. 어떤 때는 내무반 동료들이 어머니의 편지를 돌려가며 읽었어. 나를 많이 이해했던 내용이었지 아마. 중학교 때 내 방 한쪽 벽면에 내가 좋아하는 가수나 연예인 사진들로 도배를 한 적이 있었거든. 그 얘기를 했더니 내무반 동료들이 부러워했어. 어머니는 편지 끝에 날짜를 쓰고 항상 '너의 영원한 후원자'라고 쓰셨어. 참, 너의 쭉쨍이라고도 썼지.

그는 그때를 회상하며 미소지었다.

잘 왔다. 우리 인태 여친 좀 안아보자.

거실에 들어서자 어머니가 살며시 안아주셨다.

그의 본가는 작은 전원주택이었다. 경기도에 있는 단풍이 물든 집은 아름답고 평화로웠다. 그가 고시원에 살면서도 궁핍해 보이지 않았던 것은 그의 부모님과 평화로운 본가 때문이었는지 모른다.

나는 오피스텔의 큰 창문을 바라보았다. 차들이 지나가는 소리가 들린다. 그는 거실 중간 지점을 가리키며 아침에는 햇볕이 깊숙이 들어온다고 말한다. 고시원의 방범창 너머로 콘크리트 벽이 보였던 것과는 사뭇 다르다. 콧노래를 잘 부르는 그는 머리 위에서 쏟아지는 따끈한 물줄기를 맞으며 상쾌하게 출근 준비를 할 것이다. 거실 바닥을 따라 한쪽 벽면에는 그림 한 점이 세워져있다. 면을 그린 그림이었다. 원색은 아니었지만 몬드리안의 그림이 떠오른다. 요즘 인테리어는 벽면에 그대로 세워놓는다는 그의 말에 나는 고개를 끄덕인다.

주방 찬장에는 김과 햇반이 차곡차곡 쌓여있다.

유효기간도 길고 괜찮아. 김치하고 김만 있으면 먹는 거지.

그는 묻지도 않는 말에 대답한다.

인태씨, 지금도 당구가 하고 싶어?

그는 프로 당구선수가 되는 게 꿈이었다. 갈등의 시간은 지나갔다.

다 지난 일이야. 그냥 평범하게 사는 거지 뭐.

차도영, 넌 남들하고 다르다.

그가 느닷없이 말한다.

뭐가?

난 소개팅도 많이 해 봤지만 넌 하여튼 남들하고 달라?

좋은 뜻이야, 나쁜 뜻이야?

나쁜 뜻이면 내가 말하겠냐. 철딱서니 없는 것 같기도 하고, 수더분하기도 하고…….

뭐라고! 이래 봐도 내가 너보다 누나다.

우리는 또 큭큭거리고 웃었다.

누가 마흔을 불혹이라고 했을까? 나는 그를 보면 자꾸 웃음이 나왔다. 내가 사랑하는 그는 나에게 아무나가 아니었다. 한때 나도 화려한 생각을 한 적이 있었다. 경제력이 번듯한 사람을 만나야겠다는 생각. 싸가지 없는 생각. 그를 만난 지금은 내 인생의 가장 중요한 시점이다. 나는 특별한 삶을 원하지 않는다. 인태하고 오래 오래 친구처럼 살고 싶다는 생각, 그것이 전부이다.

*

우리는 현관문이 녹슨 25평 아파트에서 신혼살림을 시작했다.
손놀림도 느리고 발걸음도 느린 한국 무용처럼
천천히…… 조급하게 생각하지 않고……
그와 함께 걸어가기로 했다.

아내의 방

째깍, 째깍

조용한 공간에 초침 소리가 들린다.

창문에는 미니 커튼이 달려있다. 베이지색 레이스가 달린 커튼에는 잔잔한 꽃무늬가 프린트되어 있다. 오전의 밝은 햇살이 커튼 사이로 들어온다. 책상 위에는 거북이 붓걸이가 오뚝이 서 있다. 붓걸이에는 먹물이 배어 있는 붓과 풀기가 채 빠지지 않은 새 붓이 걸려있다. 나는 붓걸이를 빙그르르 돌려본다. 붓들이 출렁이며 소리를 낸다. 아내의 손때가 묻은 붓걸이는 윤이 난다. 아내의 그림자가 드리운 방에는 그녀가 보았던 책들과 그녀가 쓰던 물건들이 언제나 제 자리에 놓여있다. 오늘은 그녀의 방이 생경해 보인다. 기다림에 지친 탓일까. 내가 늙어가는 것일까.

집을 나간 아내는 며칠이 지나도록 돌아오지 않았다. 가면 어딜 가겠어, 생각했을 뿐 그냥 내버려두었다. 일주일이 지난 어느 날, 나는 비로소 그녀가 핸드폰번호까지 정지시켰다는 것을 알게 되었다. 아내는 분명 나에게 시그널을 보냈을 것이다. 돌이켜보 면 시그널은 있었다. 늘 부지런하던 그녀가 말이 없었고 우울해 보였다. 텅 빈 눈으로 먼 곳을 자주 바라보았다. 아내가 말이 없 는 날이면 집안은 적막강산이었다. 이상하다, 생각하면서도 나는 그런 아내에게 왜 그런지를 묻지 않았다. 그때가 아내의 나이 사 십대 후반이었다. 경찰서에 신고를 했다. CCTV 속 아내는 작은 트렁크를 끌고 가다 몇 차례 뒤를 돌아보았다. 아파트 11층을 한 참 올려다보는 것 같았다. 그것이 그녀의 마지막 모습이었다. 그 렇다. 금요일 아침이라고 기억한다. 그날 아침, 그녀는 나에게 이 상한 말을 했다. 당신, 나 없이 잘 살 수 있겠어? 하고 물었을 때 나는 양미간을 찡그리고 그녀를 힐난 하듯 쳐다보았다. 내가 출 근할 때 그녀가 아파트 복도를 지나 엘리베이터까지 따라 나오는 것은 드문 일이었다. 엘리베이터 문이 스르륵 닫힐 때 그녀는 엷 은 미소를 띠우며 나에게 손을 흔들었다. 미소는 슬퍼 보였다.

내 방은 내가 치울게요.
아내의 목소리가 들리는 듯하다.
다른 것은 슬그머니 넘어가도 다른 사람이 자신의 물건에 손 을 대는 것을 무척 싫어했다. 특히 무언가 적어놓은 메모지가 보이지 않는다든가, 펼쳐놓았던 책을 접어놓았을 때이다. 그날도 아내가 없는 틈을 타서 책들을 한쪽으로 밀어 놓았던 것 같다.

분명 여기 있었는데.

아내가 손바닥만 한 메모지를 부산스럽게 찾았다. 목소리에는 짜증이 배어 있었다. 그녀는 집안에 혼자 있을 때 종종 책을 들고 거실로 나왔다. 당신이 일찍 들어올지 몰랐어 미안, 하고 서둘러 치웠다. 나는 평소에 널려있는 것을 보지 못했다. 자신의 방이 생겨서 좋아 하던 때가 엊그제인데 방이 좁아서 답답하다는 것이다. 그도 그럴 것이 붓글씨를 쓴 종이가 널려있는 것만으로도 아내의 방은 꽉 차 보였다. 묵향이 아무리 좋다 해도 검은 먹물이 여기 저기 묻어 있는 그녀의 방은 깔끔할 수가 없었다. 또한 아내는 불현듯 무엇이 떠오를 때마다 메모하는 습관이 있었고, 전화를 받을 때도 볼펜과 메모지를 마주하고 있었다. 식탁에는 늘 책과 메모지, 볼펜이 놓여있었다. 책을 거실이나 주방 식탁으로 가지고 나올 때에는 작은 노트를 챙겼다. 좋은 문장이 있으면 노트에 옮겨 적었다. 그렇다고 살림을 게을리하지는 않았다. 집안 구석구석을 쓸고 닦았다. 집에 복이 들어오려면 청소는 기본이라고 하던 아내였다. 거실이나 주방은 가끔 변화를 주었다. 아내가 옮길 수 있는 작은 가구를 직접 옮기고 거실에 달린 커튼도 계절에 맞게 바꾸어 달았다. 그런 아내가…… 십여 년 전 갑자기 사라졌다. 아무 예고도 없이.

며칠 전, 화원에 들러 조화로 만든 주먹만 한 화분 세 개를 사
왔다. 빨간색 꽃과 주황색 꽃, 노란 후리지아꽃이 있는 화분이다.
아내가 없는 지루한 일상에 변화를 줄 요량이다. 아내가 있었다
면 아마도 조화가 아닌 생화를 사왔을 것이다. 남향인 아파트는
밝다. 거실을 통해 들어오는 강한 햇살이 얇은 커튼을 뚫고 들어
온다. 눈이 부시다. 아내는 가끔 강한 햇살이 안정감을 주지 못
한다고, 집안이 아늑했으면 좋겠다고 파고드는 햇살에 눈을 가늘
게 떴다. 우중충한 날에는 카키색 소파에 놓인 쿠션 커버를 밝은
색으로 바꾸었다. 내 사주에는 빨강, 그린, 파랑이 좋데, 라고 말
하기도 했다. 그럴 때에는 집안의 분위기를 바꾸고 싶다는 뜻일
터이다. 세 개의 화분 중 빨간색 꽃이 꽂혀있는 화분은 아내의 방
에 놓았다. 화장실에는 주황색 꽃, 노란 후리지아꽃은 주방에 놓
았다. 후리지아꽃은 아내가 좋아하는 꽃 중에 하나이다. 나는 아
내의 방에 후리지아꽃을 놓을까 하다 그녀 사주에 좋다는 빨간색
꽃을 놓았다.

난 식탁 위에 아무것도 올려놓지 않는 게 좋더라, 하며 깨끗한
식탁을 손바닥으로 한 번 쓸어내리기도 했다. 그건 나도 마찬가
지였다. 아내는 붓글씨를 쓰거나 책을 읽을 때가 아니면 주방에
머무르는 시간이 많았다. 붓글씨를 쓰다 뒷목이 뻐근하거나, 눈
이 피로하면 냉장고 문을 열고 밑반찬을 만들었다. 그녀는 살림
하는 시간이 운동인 양 움직였다. 그리고 다시 책을 손에 들고 앉

왔다. 가끔 그녀가 후리지아꽃을 한 다발씩 사 오는 날이면 장식 장에서 투명한 유리병을 꺼냈다.

나는 꽃도 예쁘지만 물속에 잠겨있는 줄기가 더 예쁘더라.

초록색 줄기가 훤히 들여다보이는 유리병을 보며 엷은 미소 를 지었다. 그런 날은 그녀가 무척 행복해 보였다. 오늘은 뭘 해 먹을까? 유쾌한 목소리가 그것을 증명했다. 잔잔한 꽃무늬가 있 는 앞치마를 허리에 둘렀다. 그런 아내에게 나는 그동안 무슨 짓 을 했던가. 그녀의 말에 나는 반응이 없는 편이었다. 그녀는 대답 한번 시원하게 들어봤으면 좋겠다고 투덜댔지만 투덜대는 것조 차 반응이 없다는 것을 그녀는 잘 알고 있었다. 나는 아내처럼 후 리지아꽃을 한 다발 사 오는 날이면 그녀가 금방이라도 현관문을 밀고 들어올 것만 같아 하루 종일 돌아오지 않는 아내를 기다렸 다. 아내는 자신의 방을 둘러보며 가끔 이렇게 말했다.

좁으니까 치워도 티가 안 나네.

나는 그때도 들은 척 만 척했지만 그렇다고 듣지 않은 것은 아 니었다. 햇살이 방 깊숙이 스며들었다. 나도 아내처럼 눈을 가늘 게 뜨며 햇살이 드리운 커튼을 올려다보았다.

나에게 남은 것은 그녀와 살던 이 아파트 한 채뿐이다. 시내 중 심부에 있는 35평 고층 아파트이다. 여보, 내 방은 작업실보다 작 업방이라고 해야 옳겠지! 그게 좋겠어. 집안에서 작업실이라고 하니까 좀 이상하지, 말하는 아내는 꽤 멋쩍어했다. 아내의 방은 작업방이라고 하기에는 협소했다. 그래도 처음에는 자신만의 공간이 생겼다고 매우 좋아했다. 책도 읽고, 컴퓨터도 하고, 붓글씨도 썼다.

거북이 붓걸이를 무연히 바라보며 떠오르는 생각들을 막을 길이 없다.

저 책상에서 아내는 판사에게 붓글씨로 호소문을 썼을 것이다. 판사는 두 번째 재판을 개정하면서 말했다. 나한테 우편물을 보내지 마세요. 여기는 신성한 법정입니다. 판사의 정신을 뒤흔드는 행위는 하지 마세요. 단호하게 누군가를 향해 질책했다. 나는 그 누군가가 아내라는 것을 짐작했다. 재판 중 방청석에 앉은 아내는 판사의 말에, 오히려 자신의 편지가 잘 전달되었다는 것에 안도의 한숨을 쉬었을 것이다. 그런 것에 주눅이 들 아내가 아니었다. 검찰청으로 마지막 조사를 받으러 호송 되던 날 아내가 구치소로 면회를 왔다. 구치소에 내가 없다는 것을 안 아내는 담당변호사를 어떻게 설득했는지 서초동 검찰청 12층까지 올라왔었다. 철문으로 철통같이 닫혀있는 그곳은 아무나 출입할 수 없는 곳이었다. 철문으로 겹겹이 쳐진 1215호실은 검사들이 있는 특수부였다. 다니던 회사에 문제가 생겨서 나는 경제사범으로 여러 번의 재판을 거치며 형을 기다리고 있었다.

특수부에서 나를 본 아내는 상기된 표정이었다. 검찰청이란 죄를 주려고 추궁하는 곳이지, 죄인을 이해하려는 곳은 아니었다. 심성이 약한 내가 겁을 먹고 두려워하고 있다는 것을 그녀는 잘 알고 있을 터였다. 포승줄에 묶인 나는 놀랐다. 그녀가 절대 들어올 수 없는 곳이었기 때문이다. 아내를 보자 울컥했다. 걱정 말아요. 잘 될 거예요. 당신 친구들이 많이 올 거예요. 아내의 목소리는 단호하게 들렸다. 눈빛은 정신을 바짝차리라는 듯 말하고 있었다. 구치소에서 나는 특별면회가 자주 있었다. 주로 정계에 있는 동창들이었다. 시대의 흐름을 읽고 있는 동창들은 교도소 정도는 심각하게 생각하지 않았지만 어쨌든 나는 부끄러운 놈으로 세상에 드러났고, 가족들을 곤경에 빠뜨리고 말았다. 그들은 특별면회를 와서 틈틈이 나에게 바람 쐴 시간을 주었다. 의무실을 편하게 이용할 수 있도록 해주었다. 나는 친구들을 각별하게 생각했지만 면회 오는 것을 마다했다. 그냥 나를 편하게 놔두었으면 했다. 아무 생각도 하고 싶지 않았다. 점점 구치소 생활에 익숙해졌다. 마치 수행하는 사람처럼 말없이 눈을 감고 앉아 있으면 마음이 편안해졌다. 같은 방 사람들은 특별면회가 자주 있는 나를 의구심 어린 눈으로 쳐다보았다. 굳이 그들에게 설명할 필요는 없었다. 나는 아내가 오는 것 이외에 모든 면회를 사절했다. 면회 온 아내에게 나는 눈물을 보였다. 아내는 말없이 나를 바라보았지만 원망이 섞인 눈빛이었다.

나는 사회적으로 잘 나가는 친구들을 내 자존심인 양 앞세웠다. 그럴 때마다 아내의 눈빛은 삶의 주체는 당신이에요, 라고 말하는 것 같았다. 나는 왜 요직에 있는 친구들을 앞세우려 했을까. 그것은 주체성을 잃은 나의 못난 자격지심이었는지 모른다. 오래 전부터 나에게는 꿈이 있었다. 훗날 학창시절 우정을 다지던 친구들과 작은 공간이라도 마련해서 그들과 턴테이블에 LP판을 올리고 클래식한 음악을 듣고, 철학을 논하며, 취미생활도 하고 노년을 보내리라는 철없는 꿈. 생각만 해도 멋질 것 같았다. 세상은 생각처럼 되는 것이 아니었다. 초년에 사회생활에 뒤처진 나는 친구들 사이에서 스스로 소외되었다. 마음 고생을 하고 안착하려는 순간, 모든 것이 무너지고 말았다. 사회적으로 한 단계 신분상 승을 한다는 것은 매우 어려운 일이었다. 시대가 나를 도와주지 않았다. 그리고 나는 어리석었다.

내가 저질러놓은 일들을 해결하기 위해 그 누구보다도 삼두팔방 뛴 아내에게 나는 어떻게 했던가. 비하했던가. 유령 보듯 했던가. 그녀는 가족에 대한 애착도 강했다. 아이들을 키우는 데도 최선을 다했다. 아이들이 학교에서 돌아올 때쯤이면 맛있는 간식을 해놓고 기다렸다. 붓글씨를 쓰기 시작한 것도 주로 집안에서 할 수 있는 취미였기 때문이다. 일주일에 한 번 붓글씨학원에 가는 것 이외에 외출을 피했다. 아이들과 남편을 기다리며 붓글씨를 쓰고, 책을 읽었다. 그녀는 큰 전지에 붓글씨를 내려써서 보란 듯이 벽면에 핀으로 고정시켰다. 한글정자체, 흘림체, 오건둥인 옛

글씨를 쓰며 꽃들 선생님의 글씨체, 라고 눈을 반짝였다. 나는 한 번도 관심 있게 들여다보거나 칭찬하지 않았다. 뭐라 그럴까. 그 모든 것들이 시시해보였다. 아무런 관심이 없었다. 여보, 나 휘호 대회에서 최우수상 받았어. 퇴근하고 들어온 나에게 자랑하듯 말했지만 그때도 나는 들은 척 만 척했었다.

아내의 방 한 귀퉁이에는 화선지가 차곡차곡 쌓여있다.
주인 없는 화선지는 바짝 말라 있다. 아내는 마른 화선지를 가끔 샤워실에 놓아두었다. 습기가 있는 곳에 두면 웬만큼 회복이 된다고. 그녀가 이런 저런 말을 할 때 나는 대부분 텔레비전에 귀를 기울이고 있었다. 주로 스포츠와 뉴스, 바둑 프로그램이었다. 어떤 때는 응, 이라고 대답하려 했지만 목젖이 목구멍을 눌렀다. 점점 습관화가 되었다. 나는 독백하는 여자야, 하며 그녀는 시큰둥했다. 나는 말하는 것에, 내 의사를 표현하는 것에, 익숙하지 않았다.
이 모든 것이 스트레스로 이어졌다. 두통이 일었다. 사리돈과 펜잘은 집안의 필수였다. 가정도, 사회생활도 모든 것이 적응하기 힘들었다. 어떻게 사는 것이 잘 사는 것인지 앞이 보이지 않았다. 답답한 것은 답답한 대로 가슴 속에 묻어두었다. 희로애락을 드러내지 않으려면 무표정 할 수밖에 없었다. 이 방법이 어디에서 기인한 것인지 모르지만 나는 내가 누군가와 융화 될 수 없는 인간이라는 것을 잘 알고 있었다. 아내라 할지라도 그것은 마찬가지였다.

늘 혼자라는 의식 아래 고독했다. 살갑게 하는 아내를 귀하게 여길 줄 몰랐다. 나에게는 식사 준비를 해주고 일상생활을 돕는 것은 그다지 중요하지 않았다. 그것은 누구나 할 수 있는 일이라고 생각했다. 나는 내가 무엇을 원하는지조차 몰랐고 정체불명의 이상 속에서 헤맸다. 배경이 있는 친구들을 부러워했다. 세상을 원망하고, 나를 이끌어줄 사람을 갈망했다. 나 이외에 그 누가 나를 구원할 수 있단 말인가, 생각하면서도 어리석은 나는 사과나무 아래에서 입을 벌리고 열매가 떨어지기만을 기다렸던 형국이었다. 여보, 사과를 따려면 사과나무에 올라가야지, 하던 사람도 아내였다. 가족이라 해도 가까이 오는 것이 불편했다. 멍하니 초점 잃은 눈빛으로 허공을 바라보았다. 여보, 왜 그래, 아내는 걱정했다. 뜬구름만 잡고 있는 머릿속은 무기력해지고, 삶의 의욕은 뿌연 안개 속에 갇혀버렸다.

아내의 방을 서성이기 시작했다. 어느 부분인가 밟을 때마다 삐거덕거린다. 마루로 되어 있는 아내의 방은 그녀가 있을 때 한번 고쳤던 부분이다. 여보, 여기가 쿨렁거려서 신경이 쓰이네. 수리센터에 연락을 해야 할까? 아내가 물었지만 나는 아무 대답을 하지 않았다. 그녀는 잠시 틈을 두다 알았어, 내가 알아서 할게.

그녀는 항상 묻고 자신이 대답을 했다. 대답 좀 해봐요, 말 좀 해봐요, 하면 내 입이 더 굳게 닫힌다는 것을 그녀는 잘 알고 있었다. 나는 아내라 해도 한 공간에 누군가와 함께 있다는 것이 불편했다. 그럴 때마다 방에 들어가 문을 닫고 있거나 잠을 잤다. 신문이나 책을 들고 앉아 있었다. 그렇지 않으면 옷을 챙겨 입고 밖으로 나갔다. 퇴근 후, 아주 가끔 지금 들어갈게, 아내에게 전화를 했지만 막상 현관문을 열고 들어가면 골난 사람처럼 표정이 바뀌어 버렸다. 갈매기 눈썹을 했다. 사실 그러고 싶지 않은데 아내에게만큼은 왜 그렇게 되는지 알 길이 없었다. 그녀는 불을 환히 밝히고 밤늦도록 붓글씨를 쓰며 나를 기다렸다. 밤 12시가 넘어 들어가도 그녀는 언제나 정갈하게 식사 준비를 해주었으며 반찬통을 식탁 위에 올리는 일은 없었다. 반찬통을 식탁에 올리면 나는 눈살을 찌푸렸다. 꽃무늬 앞치마는 늦은 시간까지도 하고 있었다. 식사를 마칠 때까지 그녀는 자리를 뜨지 않고 필요한 국을 더 떠 주거나 과일을 깎아주었다. 아이들에 관한 이야기나 주변이야기를 전해주었지만 모두가 시시한 이야기였다. 표정 없이 밥을 먹자 그녀는 하던 말을 멈추었다. 주방에서 마지막 정리를 하고 이불속으로 들어온 아내가 여보, 하고 내 몸을 더듬었을 때 나는 찡그린 얼굴로 '휙' 돌아누웠다. 모든 것이 귀찮고 그녀의 마음을 헤아리고 싶은 마음은 전혀 없었다. 나는 섹스에도 그다지 관심이 없었다. 아내가 부부의 성생활에 대해 언급하면 나는 천박하다는 듯 경멸스러운 눈빛으로 쳐다보았다.

식탁 위에는 엊저녁에 먹고 남은 반찬이 말라비틀어진 채 놓여있다.

아내가 정성스럽게 차려주던 밥이 머릿속에 그려진다.

빨간 꽃에 달린 초록색 잎사귀가 싱싱해 보인다. 조화가 꼭 생화인 것만 같다. 미니커튼이 달려있는 창문틀에는 약간의 먼지가 끼어 있다. 나는 물티슈로 창틀을 닦았다. 고층에서 바라보이는 하늘은 눈이 부시도록 반짝였지만 아내가 없는 방은 텅 빈 듯 우울하기만 하다. 엘 백화점의 전광판이 보인다. 번화가에 있는 아파트에는 소음이 웅웅거리고 올라온다.

여보, 아침에 일어나면 웃어 봐요. 하루를 즐겁게 시작해야지. 당신 웃는 모습을 보는 게 내 소원이야, 아내는 애써 자신의 기분을 추스르려 했다.

감정기복이 심한 나는 수시로 기분이 가라앉았다. 우울했다. 그러고 싶지 않았으나 좀처럼 밝은 표정이 되질 않았다.

여보, 부부가 싸우다가도 그 다음날이면 풀어야 해.

요지부동인 나에게 아내는 무덤 속에서 사는 기분이라고 혼잣말로 중얼거렸다.

그녀는 나의 기분을 회복시켜주려 했지만 나는 몇 날 며칠 말을 하지 않았다. 유령이 되기를 자처했다. 방에 들어가 두문불출

했다. 아내가 밥을 먹으라고 해도 나가지 않았다. 열흘이고 보름이고 말하지 않았다. 아내가 말을 시켜도, 아내의 얼굴이 마른 꽃처럼 시들어가도, 대답할 수도, 말을 붙일 수도 없었다. 시간이 갈수록 벙어리가 되었다. 누군가를 힘들게 한다는 것, 나 자신도 그런 순간들이 견딜 수 없이 힘들었다. 나는 내 유약함을 고집으로 포장했다. 퇴근 후에 기원에서 밤을 새우고 화투를 치고 안 들어가는 날이 허다했다. 아내가 직장으로 전화를 해도 이내 끊어버렸다. 이것이 그동안 내가 살아왔던 방식이다.

고백하건데 나는 아내의 감정과 노동을 착취한 파렴치한이었다.

다툼이 있던 어느 날,

당신이 진절머리가 나.

아내가 말했다.

나 역시 그녀에게 질려있었다. 나는 주먹을 불끈 쥐고 손을 높이 쳐들었다. 욕을 했다. 그녀는 독이 오른 표정으로 나를 똑바로 쳐다보았다.

나도 욕할 줄 알아. 내가 욕을 못해서가 아니야. 그 알량한 명문대를 나온 당신의 자존심을 지켜주려 했어. 당신한테 욕을 한다면 당신이 얼마나 비참해지겠어. 그래서 참는 거야. 내가 비참해지는 것 보다 당신의 비참함을 나는, 먼저 생각한다구. 알아?

나는 이글거리는 눈빛으로 그녀를 죽일 듯이 부들부들 떨며 주먹을 번쩍 들어 올렸다. 그녀의 눈에서도 독기가 뿜어져 나왔다. 생각해 보니 나는 그녀와 싸울 때 이외에는 눈을 마주친 적이 없었던 것 같다. 결혼 전에는 형이 나를 괴롭히더니, 결혼해서는 네가 나를 괴롭히는구나, 소리쳤다. 그녀는 멍하니 할 말을 잊은 채 서 있었다. 나는 싸우는 것도 욕하는 것도 어색한 사람이었다. 아내가 따진다거나 여러 말을 하면 입을 꾹 다물고 있다 비수 같은 말을 던졌다.

　나는 당신을 이해할 수가 없어. 하지만 어쩌겠어. 아이들하고 살아야지. 참고 산다는 것이 난 너무 힘들어. 이제 더 이상 견딜 수가 없어.

　그럼, 이혼해.

　투정이라는 것을 알면서도 난 단호하게 말했다. 그동안 나는 미련하게도 아내에게 이혼하자는 말을 수도 없이 했다.

　당신을 만난 것도 내 선택이었어. 당신이 너무 불쌍해.

　그녀는 나를 쏘아보며 말했다. 정말이지 나는 딱한 놈이었다. 대화의 기술은 바닥이고 아집으로 똘똘 뭉친 나는 기껏 한다는 말이 매몰찬 말이었다. 이 집에서 나가. 이혼해. 그리고 나는 집에 안 들어가는 것으로 시위를 했다. 그녀의 얼굴은 핼쑥하게 말라갔다.

　아내를 무시하고, 경멸하고, 모욕하지 않았다면 그녀는 끝까지 내 곁에 있었을 것이다. 이렇게 사라지지는 않았을 것이다.

아내가 사라진 것은 어찌 보면 갑작스러운 일이 아니었다. 신호는 있었다. 4개월 만에 구치소에서 나오고 집안 경제는 형편없이 무너졌다. 경제적인 모든 것이 정리된 후 아내는 나에게 몇 번 말했다. 내가 없으면 당신은 어떻게 살까. 아내는 내가 사는 것에 서툴다는 것을 너무도 잘 알고 있었다. 당신은 너무 불쌍하게 살아. 그 정도 학벌이면 당당하게 살 수 있잖아. 할 말도 못하고 왜 자꾸 숨으려 해. 왜 자꾸 엇나가기만 하냐구. 그녀는 참았던 눈물을 터뜨렸다. 내가 매사에 피하고 숨는다면, 그녀는 생각하면 실행하고, 안되면 될 때까지 하는 편이었다. 나는 안다. 그녀가 내심 강하다는 것을.

언젠가 늦게 들어간 날이었다. 나는 항상 벨을 누르고 들어갔으나 그날은 벨을 눌러도 아무 기척이 없었다. 복도식 주방 창문에는 전깃불이 환하게 켜져있었다. 열쇠로 현관문을 열고 들어갔다. 샤워실에서 물소리가 났다. 식탁에는 까만 가죽노트가 펼쳐있었다. 언뜻 본 것이 고향으로 가고 싶다, 나는 이대로 죽을 수는 없다, 라고 씌어져 있었다. 글씨가 얼룩져 있었다. 고향? 고향이라니, 무슨 말인가? 서울 태생인 아내가 고향을 찾는다는 것이 의아했지만 책을 읽다가 메모한 책 속의 문장인가 생각했다. 그것이 일기장이라는 것은 나중에 알았다. 그녀는 종종 밤늦도록 글을 썼고 글이라기보다는 일기를 길게 쓰는 것뿐이라고 말했었다.

여보, 내가 쓴 일기를 보면 왜 슬플까. 내 일기를 읽고 있으면
눈물이 나와. 세상에서 내가 가장 불행한 여자 같아. 누군가가 본
다면 나는 엄청 불행한 여자인 줄 알겠어.

…….

나는 들은 척 만 척했다. 눈길도 주지 않았으므로 그녀의 눈가
에 이슬이 맺혔는지는 알 수가 없었다.

아내를 기다리는 것은 나에게 주어진 형벌이었는지 모른다.
나는 슬픔에 젖다가도 아무 일 없다는 듯 또 살아간다. 남들이 웃
을 때 웃고 먹을 때 함께 먹고 떠들었다. 인생은 그만큼 부조리의
연속이었다.

책상 두 번째 서랍 속에는 몇 권의 노트가 들어있었다. 아내는
음식 만들기를 좋아했다. 레시피를 적은 감색노트와 가계부, 노
란 스프링 노트, 시효기간이 지난 여권도 있었다. 작은 스프링 노
트 겉표지에는 해학적으로 그려진 양 세 마리가 풀밭에서 평화롭
게 놀고 있다. 십 년이 흐른 지금도 세월이 약이라고 하지만 어찌
그 순간들을 잊을 수 있단 말인가. 그때를 더듬어 본다. 아내는
항상 스프링 노트를 들고 매일 구치소에 면회를 왔다. 필요한 말
을 받아 적고 전할 말을 전해주었다. 노트에 감긴 하얀 스프링은
군데군데 칠이 벗겨져 있다. 벗겨진 스프링이 햇빛에 반사된다.

빳빳한 겉장을 넘겨보았다. 첫 장에 적힌 날짜는 98년 10월 10일 가을이었다.

1. 담요, 내의, 런닝, 팬티, 양말
2. 한 이사를 만날 것
3. 생계비 이분의 일을 떼고 퇴직금, 금융권, 월급 모두 압류
4. 변호사 선임이 중요.

노트에는 그렇게 적혀있었다.

노트에 적힌 단어들이 암호처럼 느껴졌다. 암호를 해독하듯 떠오르는 생각들이 우울하기만 하다. 모든 것은 사회생활에 어수 룩한 내 잘못이었다. 한 가정이 뿌리 채 흔들리는 순간이었다. 노 트에는 수감번호 2398번이란 숫자가 적혀 있었다. 내 왼쪽 가슴 에 박혀 있던 숫자였다. 내 가정은 어떻게 될 것인가, 두려웠다. 면회 온 아내는 긴장된 표정으로 나를 바라보았다. 한 달 사이에 눈에 띄게 여위어있었다. 영문도 모른 채 들이닥친 아내의 두려 움과 무서움을 생각하면 죄책감이 밀려든다. 노트에 까만 볼펜으 로 쓴 아내의 필적이 불안정하다. 사십대 중반에 닥친 불행은 아 내로서는 버거운 일이었다. 노트에는 검사, 판사, 변호사의 이름 이 줄줄이 적혀있었다. 노트 마지막 페이지에는 그 당시 나갔던 지출이 적혀 있었다. 내 실수를 만회하듯 숨 막히게 빠져나갔던

돈이 그때의 절박함을 말해주고 있었다.

책꽂이 하단에는 몇 권의 앨범이 꽂혀있다. 앨범에는 1976년
이라고 견출지가 붙어있다. 우리가 결혼하던 해였다. 호텔 앞에
서 찍은 신혼여행 사진과 해운대 바닷가에서 찍은 사진이 있었
다. 파도소리가 들리는 듯하다. 바람에 휘날리는 긴 머리의 그녀
는 환하게 웃고 있었다. 그녀의 어깨에 손을 두르고 있는 나도 웃
고 있었다. 왼팔에 회색가죽가방을 들고 있었다. 나는 가끔 그녀
에게 백화점 물건을 선물했다. 그녀는, 난 백화점에서 물건을 사
본 적이 없어요. 색깔도 좋고 고급스러워요. 그런데…… 하며 어
색한 미소를 지었다. 그녀가 무슨 말을 하려는지 짐작할 수 있었
다. 그녀는 검소했다. 좋은 물건을 탐하지도, 부러워하지도 않았
다. 결혼한 후에도 그냥 형편에 맞게 사는 것이 행복이라고 생각
했다. 사랑하는 그녀에게 좋은 것을 선물하고 싶은 것은 당연지
사였다. 우리는 한 회사에 있었다. 나는 그녀에게 타이프를 치게
하고 저녁 늦게까지 함께 일을 했다. 낮에는 신용장을 들려 선박
회사나 오퍼상, 은행 등 심부름을 보내고 곧 뒤따라갔다. 나는 이
미 그녀를 좋아하고 있었다. 그녀는 깜짝 놀랐다. 그녀와 함께 점
심식사를 하고 우리는 시간차를 두고 회사로 들어갔다. 그때를
생각하면 얼굴이 붉어진다.

이런 날이면 나는 아내의 방에서 혼잣말로 중얼거린다.

여보, 미안해. 돌아와. 내게 속죄할 수 있는 기회를 줘.

나는 살면서 가끔 잘나가는 친구들의 사회적 지위와 부와 명예에 위축된 채 비애감에 젖어들었다. 방에 전등불을 끄고 오디오의 불빛에 의지한 채 우두커니 앉아 있었다. 베토벤의 바이올린 협주곡과 모차르트의 피아노 협주곡과 교향곡, 차이콥스키 바이올린 협주곡을 들으며 오디오의 빨간 불빛을 쳐다보았다. 음악은 나를 위로했지만 더 우울하게 할 수도 있다는 것을 깨달았다. 아내가 곁에 와서 왜 그러냐고, 물었지만 속마음을 말하지 않았다. 나는 왜 이 모양으로 살 수밖에 없는가, 우울하고 기분이 한없이 가라앉았다. 그녀에게 문을 닫고 나가라고 소리 질렀다. 내 못난 자존심이 그녀에게로 향했고, 소리라도 질러야 답답한 가슴이 조금이라도 풀릴 것 같았다. 대상은 오로지 아내였다. 결혼 초기에는 부모님과 동생과 함께 살았던 나는 결혼생활에도 적응하기 힘들었다. 식구들 모두가 나에게는 물과 기름이었다. 아내라 할지라도 다를 것은 없었다. 어색하고 불편했다. 웃는다는 것이 골이 났고 모든 행동은 이상스러워졌다. 어색한 분위기는 딱 질색이었다. 다니던 회사도 그만 두게 되었고 안 되는 일은 그녀 탓으로 돌렸다. 첫 사내아이를 낳고 젖을 물린 그녀에게 네가 재수 없어, 되는 일이 없다고 정신 나간 소리를 해댔다.

불현듯 오늘은 실종센터에 들러야겠다는 생각이 들었다. 탁상용 시계의 시침은 오후 2시를 가리키고 있다. 그녀가 사라지고 나서도 시계는 한 번도 멈춘 적이 없었다. 멈추면 전지를 갈아 끼웠다. 나는 앨범을 펼쳐놓은 채 집을 나섰다. 아파트 복도를 걸어가다 뒤를 돌아보았다. 출근할 때 배웅하던 아내의 모습이 눈에 선하다. 아내의 환영이 보이는 듯하다. 현관 앞에서 그녀가 손을 흔들고 있다. 꽃무늬 앞치마를 두르고 있는 그녀는 울고 있는 듯도 했다. 나는 눈을 비비고 껌뻑였다. 그녀가 배웅할 때 나는 뒤도 돌아보지 않고 뚜벅뚜벅 용감하게, 못 들은 척 앞을 향해 걸었다. 그녀의 기분을 헤아린다는 것이 피곤했다. 늘 배웅하는 그녀에게 다녀오겠다는 말 한마디를 할 줄 몰랐다.

그녀가 사라지고 비슷한 신원의 변사체가 있다고 해서 달려간 적도 있었다. 지방을 헤맨 적도 있었다. 그렇다. 그녀는 어딘가에 살아있다. 사망했다면 어떠한 방법으로라도 연락이 왔을 것이다. 습관적으로 들렀던 실종센터에서 나와 보도블록을 따라 걸었다. 쓸쓸하고 낯선 거리는 어느 해 가을 보안창 너머로 보이던 거리와도 같다. 버스가 지나간다. 횡단보도를 건너가는 사람들이 환영처럼 지나간다. 나는 신호등 앞에서 우두커니 서 있었다. 길 가운데로 들어가 이대로 죽는다 해도 누구 한 사람 서러워할 사람도 없다. 하지만 나는 살아야 한다. 아내를 기다려야 한다. 그것이 내가 살아야 할 이유이다. 어서 집으로 돌아가자. 나는 휘적휘적 발걸음을 재촉한다. 뜯어진 바짓단이 걸음을 방해한다.

그 해 겨울, 내가 구치소에 있을 때만큼이나 아내의 부재는 암담했다. 아내가 사라지던 그날 엘리베이터 앞에서 엷은 미소를 지었던 아내는 무척 슬퍼 보였다. CCTV속 아내는 작은 트렁크를 끌고 나간 것이 전부였다. 아내가 떠날 수밖에 없었던 이유를 제공한 것은 분명 나였다. 그동안 내가 저지른 단편들이 어두운 환각 속에 남아있다. 그것은 내가 지속적으로 그녀에게 저지른 은밀한 범죄이자 고문이었다.

오후 내내 돌아다니다 들어온 탓인지 피곤이 몰려온다. 잠은 오지 않는다. 침대에서 뒤척이다 아내의 방으로 건너간다. 째깍, 째깍 탁상시계의 초침 소리가 공명을 일으킨다. 그녀의 사주에 좋다는 빨간 꽃이 나를 맞는다. 실종센터에 가기 전 펼쳐놓았던 앨범이 그대로 놓여있다. 오래 된 앨범은 가장자리가 누렇게 변해 있다. 접착식 앨범에는 중간중간 사진이 떨어져있다. 아이들이 유치원 다닐 때 찍은 빛바랜 사진에는 아내가 한복을 곱게 차려입고 앉아있다. 아이는 생일 모자를 쓰고 엄마에게 절을 하고 있다. 핼쑥한 그녀의 얼굴에는 핏기라고는 전혀 없어 보인다. 구치소에서 나와 3박 4일 완도로 여행 갔던 사진도 있었다. 그녀는 그때가 가장 행복했던 시기라고 말했다. 바람이 부는 바닷가에서 아내의 머리카락이 휘날린다. 나는 아내의 등 뒤에 달린 모자를 가만히 씌워줬던 기억이 난다. 그녀는 어린아이처럼 해맑은 미소를 지었다. 지나가는 학생에게 찍어달라고 했던 사진들도 여러 장 있었다. 그러나 어린아이 같은 것은 바로 나였다. 반찬 투정을 했다. 아내는 늘 까다로운 식성을 가진 내 입맛에 신경을 썼다. 그런 아내에게 이걸 어떻게 먹어, 젓가락을 식탁에 '탁' 내려놓고 출근했다. 아내의 말대로 나는 배움과 다르게 너무도 대책 없는 사람이었다. 결국 아무것도 성취하지 못하고 쓸모없는 자존심과 고집만 있었을 뿐이다. 그녀는 사라지기 전 진정한 사과를 원했다.

　다용도실 창문이 덜렁거린다. 밖에 바람이 부는 모양이다. 창밖은 검은 어둠으로 물들었다. 나는 어둠을 바라본다. 작은 노크 소리가 들린다. 현관문을 열고 주위를 두리번거렸다. 아무도 없다. 모두가 잠든 고층 아파트에는 노란 불빛이 드문드문 새어나온다. 현관문을 닫으려는 순간 여보, 하고 아내의 목소리가 들린다. 아내가 돌아온 것일까. 복도 끝 비상구 쪽에 누군가가 서 있다. 나는 얇은 잠옷차림으로 허둥지둥 아내에게로 달려간다. 잠옷 앞자락이 펄럭인다. 뻥 뚫린 비상구 계단 쪽에서 찬 바람이 훅 불어온다.

기획자 차동호

이 모든 것이 차동호가 나타나면서부터 시작되었다.

토련기가 멈춰버렸다.

나는 비닐에 싸인 자투리 점토를 1차 토련하고 2차 토련 중이었다. 요즘 부쩍 차동호가 가지고 사라진 작품, 웅크린 여인이 머릿속에서 떠나지 않았다. 그 입체작품은 내가 아끼는 작품 중 하나였다. 그 작품을 다시 만들려면 샤모트가 들어간 거친 흙이 필요했다. 긴 한숨이 나온다. 멈춰버린 토련기도 토련기지만, 없어진 작품을 다시 만든다는 것은 미련한 짓인지 모른다. 차동호가 말하는 스토리, 그 작품만이 가지고 있는 그때의 감정, 그 순간은 이미 사라졌다는 말이다. 그 작품에는 내 영혼의 한 편린이 농축되어 있었다.

토련기가 멈추기 전 직경 10센티 정도의 점토는 떡가래처럼 빠져나왔다. 별 탈 없이 돌아가던 토런기에서 오일 타는 냄새가 나는 듯했다. 오일이 역류했는지 하얀 연기까지 피어올랐다. 오래된 토런기는 가끔 말썽을 부렸다. 그럴 때마다 직접 고쳐 쓰고는 했는데 이번에는 무엇이 잘못되었는지 기계를 뜯어봐도 도통 알 수가 없다. 가동 전 진공 오일 게이지를 확인했고, 모자란 오일은 종이컵으로 반쯤 채워 넣었다. 오일과 분리된 물도 빼주었고, 토런기 사용 후 진공벨브에 공기를 빼주는 것도 잊지 않았다. 어디에서 문제가 생긴 것일까.

할 수 없이 수리기사에게 전화를 했다. 기사는 시간 약속도 없이 곧 오겠다는 말뿐이다. 나는 담배 한 개비를 꺼내 물고 불을 붙이려는 순간 불현듯 내일 있을 전시회가 떠올랐다. 아, 며칠 전까지만 해도 기억하고 있던 것을 단 며칠 사이에 까맣게 잊고 있었다니, 내가 생각해도 어처구니가 없었다. 내일은 K군에서 오프닝 행사가 생략된 채 기다리던 전시회가 열리는 날이다. 미루고 미루던 전시회가 열린다고 생각하니 착잡하기도 하고 구멍 뚫린 그물에 바람이 횡하니 지나가는 듯하다. 지인들은 저 먼 K군에서 전시회를 한다는 것이 의아한 모양이다. K? K가 어디야? 하고 물었다. 그들이 그곳을 모를 리 없었다. 뜬금없이 거리상 너무 멀었기 때문이다.

두 달 전, K군 아포르박물관에 걸려있는 액자는 삐뚜름하게 걸려있었다. 백 평이 넘는 전시장 가장자리에는 중남미 조각이 배치되어 있었고, 입체작품 16점과 누드 드로잉한 액자 38점이 전시장 중앙에 마치 하나의 독립된 갤러리처럼 전시되어 있었다. 차동호는 주로 중남미 조각과 어울리는 작품 위주로 픽업해 갔다. 대부분 높이가 80센티 미만의 작은 작품이었다. 내가 K에 내려간 그때까지도 전시회 날짜는 잡혀있지 않았고, 넓은 전시장은 썰렁해 보였다. 드로잉한 액자가 너무 많이 걸린 듯했으나 담당자에게 아무 말도 하고 싶지 않았다. 디피는 차동호가 몇 달 전에 해놓은 것이다. 담당자가 다가와 작품 인수확인서를 내밀었다. 작품을 천천히 확인해 보십시오. 없어진 작품부터 확인했다. 내가 박물관에 내려간 것은 지금이라도 군에서 발행하는 인수확인서를 받기 위해서였다. 확인서는 형식을 갖춘 서류였다. A4용지에 작품 한 점 한 점 사진을 찍어서 첨부하고 몇 가지 조항은 있었으나 도난이나 파손에 대한 것은 빠져있었다. 무상대여에 한 달 전시. 단 작가의 동의가 있을 시 앙코르전을 할 수도 있다고 되어 있었다. 차동호가 하겠다던 리플렛은 엽서로 바뀌었다. 이제와서 차가 약속했던 이야기를 담당자에게 해봐야 소용없는 일이었다. 그래도 전시회가 끝나고 운반까지 책임진다는 조항은 마음에 들었다. 자네, 그것만 해도 성공적이야, 내용을 모르는 대학 선배가 말했다. 그렇다. 작가들은 늘 초대전에 목말라 있었다. 그래도 박물관에서 초대전 형식으로 전시회를 열 수 있다는 것은 다른 작가들 보기에는 부러울 수도 있겠다. 그동안 작품이 햇볕도 못 본 채 몇 년째 박스 속에 포장되어 있었다. 어렵사리 열리는 전시회였다. 그나마 프로필 하나 느는 것으로 위로를 삼을 수밖에 없었다. 담당자가 내민 서류를 들여다보던 나는 말 한마디 못 하는 '을'이 된 기분이었다. 그래도 한마디는 해야 할 것 같았다.

분실이나 파손에 대한 조항이 빠지지 않았습니까? 못마땅한 표정으로 물었다. 담당자는 보험은 들었으니 걱정은 안 하셔도 된다고 말했다. 특별히 까다롭게 굴고 싶지 않았다. 나는 지쳐 있었고, 그 짧은 순간에도 차후 내가 이 세상에 없을 때를 생각했다. 자손이 있다 하더라도 개인적으로 작품을 관리한다는 것은 불가능한 일이다. 처치 곤란, 아니면 그대로 땅속에 매장될지도 모를 일이었다. 설령 이번 전시에 작품이 일부 파손된다 하더라도 애달프다는 생각은 하지 않았다. 전시를 하다 보면 그런 일은 다반사였으니까.

날씨는 후덥지근하다. 지루한 장마는 이어지고 중복인 내일은 30도까지 올라간다. 오래된 에어컨에서는 미지근한 바람이 나온다. 조금만 움직여도 이마에서 땀이 흐른다. 나는 흙이 묻은 면장갑을 벗고 흘러내린 머리카락을 쓸어올린다. 차동호의 얼굴이 선명하게 떠오른다.

뭐, 다시 찾아뵙겠다고! 건강하시라고!

손에 들고 있던 드라이버를 신경질적으로 내동댕이쳤다.

박물관으로 내려가던 날 차동호가 휴대전화상으로 내게 마지막으로 한 말이다. 내게도 좋은 기회가 오는 줄 알았다. 차동호는 무책임했고 그가 말한 대로 된 것은 아무것도 없었다. 변변치 못한 나는 이번에도 일을 그르쳤다. 나같이 못난 인간은 세상 밖으로 나가지 말았어야 했다. 나는 왜 이 모양인가, 가라앉는 기분을 추스르려고 양손으로 마른 얼굴을 벅벅 문질렀다. 세상일에 서투른 나 같은 놈에게 일이란 항상 그랬다. 그나저나 곧 온다던 수리 기사는 언제쯤 오려나.

차동호가 가지고 사라진 작품은 입체 한 점과 누드 드로잉 세 점이었다. 긴가민가하면서도 나는 차를 믿었다. 진실성도 엿보였고 예술적 끼와 작품 보는 눈도 있었다. 그런데 그놈이 막판에 내 뒤통수를 칠 줄은 정말 몰랐다. 나는 담배 한 모금을 깊게 빨아들였다. 담배 맛이 쓰다. 휴, 하고 내뿜은 담배 연기는 차동호가 사라진 것처럼 흔적도 없이 올올이 흩어졌다.

그가 연락 두절되었다는 것은 담당자로부터 들었다. 순간, 나는 등골을 타고 내리는 서늘한 냉기를 느꼈다. 프로필과 캡션을 달라는 담당자의 말에 차동호에게 벌써 전해주었다고 말하자 담당자는 뜻밖의 말을 했다.

작가님이 말하는 작품 수와 전시장에 있는 작품 수가 맞지 않습니다. 내려오셔서 확인하셨으면 합니다.

라인이 하나여야 합니다, 라는 차동호의 말에 나는 그동안 기획자인 그하고만 연락을 주고받았다.

맨 처음 차동호가 작품을 운반하러 온다고 했을 때도 나는 군청에서 발행하는 인수증을 요구했었다. 담당자를 다그치는 것보다 기획자인 차가 받아 주는 것이 옳다고 생각했다. 그러나 전시 날짜가 기약 없이 미뤄지는 사이 일은 벌어졌다. 담당자와 옥신각신했으나 그렇다고 담당자에게 책임을 물을 수는 없었다. 전시 기획은 차동호에서 군청 담당자로 넘어갔다.

열흘 전, 담당자는 오프닝 행사는 어렵겠다는 말을 전해왔다. 제 마음대로 할 수 있는 것이 아니라서요. 죄송하다는 말뿐이었다. 속을 끓이고 기다린 것이 몇 개월인데 이제 와서 이렇게 되다니 화가 났지만, 꼭 오프닝 때문만은 아니었다. 일이 이 지경까지 되었다는 것에 화가 났고 변변치 못한 나 자신에게 화가 났다. 무엇보다 작품을 가지고 튄 차동호가 괘씸했다. 그가 전시를 기획하기 위해 애쓴 것은 사실이었으나 결과적으로 나에게 큰 실망감을 안겨주었다. 작가 없이 전시를 오픈한다는 것은 작가에게는 김빠지는 일이다. 작가로서 당당하게 주장을 펼치기에는 상황이 좋지 않았다. 그럴 기분도 아니었다. 기획자 차동호는 성대한 오픈을 하기 위해서는 코로나가 어느 정도 잠잠해지고 지방 선거가 끝나야 초대 인사들을 부르고 기자를 불러 인터뷰도 할 것이라고 들뜬 표정으로 말했었다. 나는 방역 당국에서 발표하는 것을 주의 깊게 지켜보았다. 코로나는 조금 수그러들 태세였으나 두고 볼 일이었다. 전시회를 멋지게 기획하려면 시간이 필요하다는 그의 말을 나는 철석같이 믿었고, 그때까지만 해도 그럴 수밖에 없다고 생각했다.

몇 번 전시회를 하고 나면 작가님 위치가 달라질 겁니다. 스타는 쉽게 만들어지는 것이 아니거든요. 작품 하나하나를 스토리텔링을 해서 전시할 겁니다. 제가 아는 인맥을 다 부를 겁니다. 허허 웃던 차동호의 얼굴이 떠올랐다.

그러나 그가 어느 날 갑자기 나타난 것처럼 허무맹랑한 말들을 수없이 남긴 채 사라지고 말았다.

차는 입체작품을 가지고 가기 전에 먼저 누드 드로잉 한 도화지를 수십 장 가지고 갔다. 전부 까만 테두리의 액자를 해서 한쪽 벽면에 전부 걸겠다는 계획이었다. 나는 음, 멋질 것 같군요 하며 차에게 기분 좋은 웃음을 날렸다. 그는 이어 미리 말씀드릴 수는 없지만, 전시회가 끝나고 나면 더 좋은 일이 있을 거라고 했다. 아, 내가 이제 빛을 보려나, 차의 말대로 된다면 무엇 하나 제대로 이루어내지 못한 내게 좋은 계기가 되리라 생각했다.

작품이 박물관으로 내려가고 나서도 그는 자주 내 작업실을 찾았다. 새벽에도 오고 밤늦게도 왔다. 서울에서 미팅이 있어 새벽 다섯 시 KTX를 타고 온 것이라 했다. 어떤 때는 반찬통 두어 개 꺼내놓고 함께 아침밥을 먹기도 했다.

오늘 미팅이 여러 곳에 있어서 일찍 움직였습니다.

그가 새벽에 와도 혼자 사는 나는 별 지장이 없었다.

그는 60대 초반, 나는 그보다 다섯 살 위였다. 그가 여러 번 작업실을 방문하면서 스스럼없이 친해졌다. 겸손하고 숫기가 없는 듯했으나 그가 점점 내게 다가왔다. 작가님, 하다가도 형님이라고 불렀다. 어떤 때는 내게 농담까지 하며 허허댔다. 작업실에는 한때 많았던 수강생도 점점 줄어들었다. 나는 도재상에 재료를 구입하러 가는 일 이외에 작업실을 벗어나는 일이 없었다. 가끔은 근처 개울가에 나가 담배를 태우는 것이 고작이었다. 나이를 먹으면서 점점 창작에 대한 의욕이 줄어들었다. 주기적으로 오는 회의려니 생각했다. 마침 그때 나타난 사람이 차동호였다. 그는 여러 면에서 호기심이 가는 인물이었다. 외모도 생각도 예술적 기질도 다분했다. 특히, 그는 무명 작가인 내 작품에 호의적인 관심을 보였다. 작가님 작품에는 감정과 스토리가 가득 담겨 있습니다. 그의 말은 일반인들이 쉽게 할 수 있는 이야기가 아니었다. 그는 자신의 사생활에 대해서는 말하지 않았다. 나도 사생활에 대해서는 할 말이 없었다. 이혼하고 20년 넘게 작업실 쪽방에서 지내는 신세였기 때문이다. 이혼한 것이 부끄러울 것은 없지만 자랑할 만한 일도 아니었다.

차가 리모델링 하는 집은 내 작업실에서 가까운 시골집이었다. 집주인과 인테리어 하는 차는 고향 사람인 듯했다. 그가 내 작품을 발견하고 몇 번에 걸쳐 작업실을 다녀간 후, K군 담당자까지 다녀갔다. 나는 뜻하지 않게 생긴 일이라 어리둥절했지만 우연치 않게 굴러들어 온 복이려니 생각했다. 드디어 내 작품을 알아보는 이가 나타났군. 마르셀 뒤샹이 유명하게 된 것은 그를 발굴한 마케터들의 안목 덕분이었다. 나는 새로운 희망에 어깨를 바로 폈다.

작품은 아포르박물관으로 이동되었다.

차는 가장 궁금한 순간에 연락이 없었다. 어떤 때는 쯧, 뭐 이런 사람이 있나, 화가 날 정도였다. 군에서 발행하는 인수증을 못 받은 것이 불안했다.

작품은 군청을 보고 준 거지 그를 보고 준 것은 아니었다. 드로잉작품을 가지고 갈 때도, 입체작품을 가지고 갈 때도 군에서 발행하는 작품인수증 내지는 확인서를 가지고 와서 작품을 가져가야 할 것이라고 나는 분명히 말했다. 차는 그럼요, 해드려야죠, 하면서 막상 작품을 가져가는 날, 작품을 실을 수 있는 탑차는커녕 인수증 하나 가지고 오지 않았다. 작가의 작품을 소중하게 다

뤄야 한다는 것을 모르는 차동호가 아니었다. 왜 그냥 왔는지 자세한 설명도 없이 믿음과 신뢰에 대한 이야기로 얼버무렸다. 나는 기분이 나빴지만, 그 먼 K에서 작품을 실으러 온 그를 홀대할수는 없었다. 어색한 순간이었다. 어쨌든 작품은 그가 타고 온 카니발에 꾸역꾸역 실었다. 내 표정을 살피던 그가 말하길 형님, 전시를 잘 진행해보겠습니다. 걱정 마십시요. 순진무구한 웃음을지었다. 혹시 덜커덩거려 작품이 깨지기라도 하면 어떡하나 생각했지만 마른 침을 꿀꺽 삼키는 것으로 대신했다. 주변머리 없는나는 벙어리 냉가슴이었다. 작품을 다 싣고 그는 인수증 쓸 생각을 하지 않았다. 나는 몇 자 적어달라고 어정쩡한 표정으로 스프링 노트를 내밀었다. 그는 고개를 갸우뚱거리다 인수증에 몇 자적고 이름과 사인을 한 다음 볼펜을 놓으려 했다. 나는 재빨리 날짜 밑에 손가락을 가져다 대며 주민등록번호라도 써주서야지 하며 어색한 웃음을 지었다. 내 긴장된 얼굴은 씰룩거리다 못해 일그러지는 듯했다. 개인 인수증을 받았지만, 군청에서 발행하는인수증을 받지 못한 것이 꺼림칙했다. 일이란 알 수 없는 것이었다. 그가 사라진다면 그 누구에게도 하소연할 길이 없을 터이다. 담당자에게 전화를 걸었다.

　담당자가 작품을 가지고 가셔야지. 나는 사실 차동호씨를 잘모릅니다.

　뭘 걱정하시는지 잘 알겠습니다.

그는 일이 어느 정도 진행되면 행정적 절차를 밟을 것이라고 공손하게 말했다. 나는 조금은 안심이 되었다. 차동호는 새로 페인트칠한 전시장과 작품 디피하는 모습을 담은 사진을 여러 장 보내주었다. 사진 속에는 차동호와 담당자의 모습도 보였다. 곧 열릴 줄 알았던 전시회였다. 작품이 박물관으로 이동한 지 한 달이 지났으나 전시회는 열릴 기미도 보이지 않았다. 주원인은 코로나였다. 전시장에 들어갈 중남미 조각은 이미 예정되어 있었고 도자로 만든 내 작품은 리모델링 하는 집주인과 차동호가 작업실을 방문하면서 이루어진 일이었다. 차는 작품을 보고 많이 흥분되어 보였다. 보기 드문 작품을 만난 듯 자신의 감정을 가감 없이 표현했다. 차는 자신이 구상한 전시에 딱 어울리는 작품이라고 말하며 중남미의 에로스적인 조각과 한국의 에로스적인 입체 조각을 콜라보 한다면 재미있을 것이라고 환하게 웃었다. 그 후, 군청 담당자가 다녀갔고 마을에 차가 공사하는 집도 있으니 크게 염려할 일은 없을 것이라 생각했다. 순조롭게 일이 될 줄 알았다. 담당자와는 통화를 여러 번 했다. 사실 작가님 전시가 예정에 없던 일이라서 좀 당황스럽습니다. 그렇지만 작품이 도착한 이상 잘 진행해 보겠습니다, 라고 말했다. 그 말에 당황스럽긴 나도 마찬가지였다. 예정에 없었던 일은 이미 아는 사실이었고 담당자까지 다녀갔고 중남미 조각을 소장하고 있는 사람에게 양해를 구했다는데 무슨 문제가? 의문이 들었지만 나름대로 사정이 있으려니

생각했다. 몇 개월이 지났지만, 전시 날짜는 불투명했고, 코로나
는 계속되었다. 통화할 때마다 차동호는 곧 전시가 열릴 것이라
했다. 나는 뉴스를 볼 때마다 코로나가 진정되기를 바랐다. 바이
러스가 온 세상을 뒤흔드니 어쩔 수 없었다. 코로나가 조금은 수
그러들 태세였다. 차동호의 말대로 많은 사람이 참석하고 훌륭한
오프닝을 위해서는 참아야 한다고 생각했다. 이미 작품은 박물관
으로 내려갔고 디피 된 상태이니 전시는 곧 열릴 거라고 스스로
를 위로했다. 작품이 내려가기 전, 코로나 때문에 한동안 비어 있
던 전시장을 새로 페인트를 칠하고 좌대를 몇십 개 짜고 조명도
새로 달았다고 그는 뿌듯한 듯 말하며 사진까지 보내주었다. 그
것은 사실이었다. 나는 머지않아 오픈될 것이라고 믿었다. 그러
나 또다시 지연되었고 차는 연락이 없었다. 불안한 마음에 담당
자에게 전화를 하면 차 선생이 하시는 일이라……. 말끝을 흐렸
다. 차하고는 피드백이 순조롭지 못하다는 내 말에 담당자는 다
음에는 자신이 연락을 드리겠다고 조심스럽게 말했다. 기류가 심
상치 않았다. 사정이 있는 듯했다. 나는 군청을 보고 준 거지 차
동호를 보고 준 것이 아니라고 단호하게 말했다. 담당자는 무슨
걱정을 하시는지 잘 알겠다고 전에 했던 말을 반복했다.

　작품이 박물관에 내려갔을 때도 담당자에게 전화를 걸어 인수
증을 요구했었다.

　작가님, 누런 박스는 도착했는데 아직 열어 보지 못했습니다.

군청 담당자와 차는 나에게 깍듯이 작가님이라는 호칭을 썼다.

수리기사가 곧 온다는 시간이 벌써 세 시간이 지났다. 수리기사도 차동호와 똑같은 놈이 아닌가. 금방 올 것 같이 하면서도 약속을 안 지킨다. 오늘 꼭 토련기를 고쳐야 하느냐는 기사의 물음에 오늘 꼭 고쳐야 한다고 말했다. 웅크린 여인을 만드는 도중이었다. 거친 흙이 서너 덩이가 모자랐지만, 사실은 비닐을 잘 씌워놓고 하루 정도 미뤄도 상관없는 일이었다. 그 작품을 다시 만든다는 것은 어리석은 짓이라는 것을 잘 알면서도 나는 왜 기필코 그 작품을 만들어야 하는지, 집착을 하는지 나 자신도 모를 일이었다. 유난히 그 작품에 애착을 느끼는 것은 아마도 가장 힘들 때 만든 작품이기 때문인지 모른다. 나는 그 작품을 볼 때마다 가슴이 아릿했다. 웅크린 여인의 마음속에 투영된 외로움, 작품과 내가 동일시되는 순간이 있었다. 작품은 서정적이면서도 고전적인 작품이었다. 어찌 보면 추상에서 느낄 수 없는 무언가가 나를 잡고 있었는지 모른다.

작업실 바닥에 부속품들이 나뒹굴고 있었다. 수리기사가 부속품이 없을지도 모른다는 말에 나는 부속품 하나하나를 주워놓았다. 이제 와서 비싼 토련기를 새로 살 수는 없는 노릇이었다. 토련기는 이물질에 의해 멈춰 버릴 때가 있었다. 가끔 수강생들이 실수로 넣은 수세미 조각, 나무로 된 작은 도구들, 흙 자르는 철사 등이 발견될 때가 있었다.

수리기사가 연락이라도 해주면 좋으련만 연락도 없다. 차동호도 가장 궁금할 시점에 연락이 없었다.

가까운 친척들은 하루 종일 흙과 씨름하는 나를 한심스럽게 여겼다. 먹고 살 생각을 해야지 무슨 예술을 한다고 그 먼지를 뒤집어쓰고 있느냐고 정신 차리라는 듯 비난했다. 한때 직장 생활을 하면서도 지금 내가 뭐 하고 있나? 현실과 꿈의 경계선이 모호했다. 아웃사이더 같은 느낌이었다. 비난 속에 꿈을 선택한 나는 전기 물레를 돌려 생활자기라도 팔아보려 했지만 녹록지 않았다. 생활은 점점 궁색해졌다. 아내는 가장으로서의 무책임함을 탓했다. 친인척들의 따가운 시선은 괴로웠고, 그들과 멀어졌다. 창작생활을 하지 않는 그들을 이해시킨다는 것은 어려운 일이었다. 돈 안 되는 전시회는 뭐 하려 하는 거지? 역시 나는 그들을 이해시키려 하지 않았다. 그럼에도 불구하고 무의식의 세계를 의식의 세계로 옮기는 작업은 나를 들뜨게 했다. 작업은 계속되었다. 먹고 사는 문제는 뒷전이었다. 아내는 견디다 못해 이혼서류를 내밀었다.

작가가 여성인가요? 관람객들은 물었다. 여성적인 섬세함과 분위기가 관람객들을 착각하게 했던 모양이다. 작품이 부드럽고 평화로워 보여요. 작품이 참 좋습니다. 관람객들에게 좋은 평을 들을 때마다 자부심이 생겼다. 동창들보다 늦게 도예의 길로 들어선 나는 기회가 주어지는 대로 개인전을 하고 단체전에 참여했다. 나이는 먹어가고 더 이상 진전이 없을 때 차동호가 드라마틱하게 나타났던 것이다.

그가 처음 작업실을 방문하던 날, 그는 작품을 보고 놀란 듯했다. 아니 반한 듯했다.

그냥 감성대로 작품을 빚었습니다.

작품에 호의를 보이는 그에게 나는 예의를 갖추듯 말했다. 늦게 시작하셨다고요? 저도 그림을 늦게 시작했습니다. 그때, 차는 벽에 걸린 타일 작품을 뚫어져라 쳐다보며 말했다.

오래전, 바닷가를 다녀온 후 떠오른 이미지를 스케치도 없이 타일로 수십 장 제작해 만든 작품이었다.

베이지색 톤에 액자가 작품에 잘 매치되었군요. 액자도 한 몫 하거든요. 작품이 순수해서 좋습니다.

차는 작품을 순수 쪽에 무게를 두는 듯했다. 그때까지만 해도 보통사람들이 하는 인사 정도라고만 생각했다. 작품이 저 먼 K까지 가리라고는 생각지 못했다. 그가 본 작품은 작업실에 놓여있는 몇 작품에 불과했다. 그동안 작업한 조각 작품이 박스에 포장된 채 작업실 창고에 쌓여 있었다. 다 보여줄 수 없는 것이 아쉬웠다.

몇 작품만 보면 작가님의 작품세계를 충분히 알 수 있습니다.

인테리어나 리모델링하는 사람으로만 생각되지 않았다. 그에게서 특별한 구석을 느꼈다.

자꾸 전시회를 해서 알리셔야지요. 몇 번 전시회를 하다 보면 좋은 성과가 있을 것 같은데……. 그는 매우 진지한 표정으로 말했다.

그럼, 내 매니저가 되어주실랍니까? 나는 그의 표정을 놓치지 않고 농담 반 진담 반으로 너스레를 떨었다. 무척 어색했다. 그리고 보름이 지나서 그는 군청 직원 두 명과 함께 작업실에 다시 나타났다. 세 번째 방문이었다. 관용차를 타고 그 먼 K에서 군청 직원까지 왔다는 것은 나를 몹시 흥분케 했다. 그들이 온다는 소식을 듣고 박스에 포장되어 있는 작품을 모두 꺼내놓았다. 누런 박스는 테이프가 덕지덕지 붙어 있었다. 개인전을 하기 위해 여러 번 쌌다 풀었다 한 박스는 낡고 허름했다. 담당자는 작품을 둘러보고 가지고 갈 수 있는 자료를 챙기고 여러 장의 사진을 찍었다. 그때가 11월 초 정오 무렵이었다. 정리되지 않은 작업실 마당 구석에는 깨진 도자기들이 여기저기 널브러져 있었다. 나무들이 붉게 물들어 있었다. 소나무들은 여전히 푸르렀고, 흰 구름이 떠 있는 하늘은 설레이는 마음만큼이나 맑았다.

좋은 일이 있을 겁니다.

차가 무언가 확신에 찬 어조로 말했다.

저 집주인 되세요?

왜요?

챙이 달린 모자를 쓴 남자가 뜨악한 표정으로 되물었다.

아직 더위가 가시지 않은 작년 9월 초였다. 나는 낡은 승용차를 몰고 리모델링 하는 집 앞을 지나가다 공사 현장을 둘러보는 남자를 보았다. 그는 반바지에 에코백을 메고 있었고, 코밑에는 짧은 수염을 기르고 색이 진한 선그라스를 끼고 있었다. 옷차림은 젊어 보였으나 젊은 사람은 아니었다. 60대 초반쯤 되어보였다. 그가 바로 차동호였다. 낡은 집은 뼈대만 남겨두고 모두 철거하고 있었다. 동네가 시끄러웠다. 더군다나 먼지 때문에 더운 날씨에 작업실 문을 열어 놓을 수가 없었다. 집을 때려 부수는 소리, 포크레인 소리, 유리가 와장창 깨지는 소리가 며칠 동안 계속되었다. 동네 사람들은 모두 짜증스러워했다.

승용차에서 내려 그에게 다가갔다. 그가 집주인 줄 알았다. 나는 동네사람들을 대변하듯 기세등등하게 말했다.

소음이 보통이 아닙니다. 견디기가 어려운데 이정도 되면 주인이 오서서 동네 대표한테라도 양해를 구해야 되는 거 아닙니까.

그럼, 어떻게 하면 좋겠습니까? 해달라는 대로 해드릴게요. 돈을 달라면 돈을 드리구요.

아니, 이 양반이. 속으로 생각하며 그를 빤히 쳐다보았다. 급습하듯 들어오는 그의 말에 나는 말문이 막혔다.

공사를 하다 보면 어디든지 이 정도의 소음은 있습니다.

내가 우물거리는 사이 그가 말했다.

공사를 하려면 어쩔 수 없는 노릇이지만 동네에 이렇게 피해를 주고 집주인이 나타나지도 않는다는 것은 경우가 아니지 않습니까.

나는 양미간을 찡그리며 말했다.

며칠이 지나고 그와 집주인은 작업실 문을 두드렸다. 마을의 집들은 몇 채 되지 않았다. 집주인은 선물용 작은 박스를 들고 있었다. 그들은 죄송하다고 공손하게 고개를 숙였다. 나는 먼지를 턴 플라스틱 의자를 그들에게 내밀었다. 이런저런 이야기를 했다. 집주인은 자신의 집 구조 변경을 맡은 차동호를 고향 사람이고 공공기관 프로젝트에도 참여했던 사람이라고 소개했다. 음, 실력 있는 사람인가 보군, 생각하며 나는 고개를 끄덕거렸다. 공사는 현장 소장이 맡아서 한다는 그는 가구와 모든 것을 대행해주는 전문 직종 인테리어 플레너였다.

전시오픈 날짜만 기다리고 있는 중에도 그는 가끔 지방에서 올라와 현장을 둘러보고 작업실에 들렀다. 차를 마시며 전시가 어쩔 수 없이 미루어지는 이유를 말하고 앞으로 전시를 어떻게 진행할 것인가에 대해 설명했다.

작가님 조각 작품에는 감정과 스토리가 가득 담겨 있어요.

작품의 느낌을 아는 이였다. 그것은 말로 설명할 수 없는 같은 감성을 지닌 사람과의 소통이었다. 그가 특별한 구석이 있다는 것을 다시 한번 상기하며 가슴에 조용한 파문이 일었다.

자네, 우리 나이에 작품을 슬슬 정리해야 해. 그런데 작품에도 나까마들이 있으니 조심하게. 명함이라도 받아 두었나. 군에도 전화를 해서 그런 사람이 있는지 알아보고…….

군청 직원이 다녀갔는데 무슨 일이 있을라고요.

아냐, 그래도 알아보게.

군에서 발행한 인수확인서를 받지 않은 나는 선배의 말에 시큰둥했지만 한편으로 불안감이 스멀거렸다.

금방 올 것같이 말하던 수리기사는 세 시간 만에 전화를 해서 좀 더 늦을 것 같다고 말했다. 차동호도 그랬다. 다음 달에는 꼭 전시를 할 것같이 하다가도 지켜지지 않았다. 그럼 미리미리 말할 것이지 사람을 아무것도 못 하게 기다리게 하느냐고 수리기사에게 화를 냈다. 내일이 수강생들 오는 날이니 오늘 기계를 꼭 고쳐야 한다고 재차 말했다. 웅크린 여인은 초창기 작품으로 실금 하나 가지 않은 완성도가 높은 작품이었다. 굴곡이 많은 입체작품은 높은 온도의 가마에서 온전하게 나오기가 어려웠다. 어딘가에 실금이 가기 마련이었다. 작업실에는 오일 타는 냄새가 꽉 차 있다. 환기를 시킬 겸 창문을 열었다. 하늘은 맑았다. 내일 K에서 있을 전시회를 생각하면 날씨라도 좋았으면 했다. K에 전시된 작품은 대부분 초기작이다. 테라코타와는 달리 재벌까지 한 작품이라 단단하고 강도가 있었다. K는 가까운 거리가 아니다. 먼 곳에 내 분신과도 같은 작품을 덜렁 떨어뜨려 놓은 것 같아 마음이 편치가 않다. 차동호의 말대로 마음으로 빚은 작품이었다. 한 작품씩 태어날 때마다 짜릿했다. 순간 물고기자리라는 단어가 불현듯 떠오른다. 물고기자리는 심심풀이로 보았던 타로에서 황도 십이궁에 따른 별자리의 하나였다. 창작뿐 아니라 사람과 사람 사이에서도 물고기자리가 있는 듯하다. 큰 배가 나오는 유명한 영화에서 본 물고기자리의 삶과 사랑을 보았다. 환상 속에 로맨스를 꿈꾸는 물고기자리의 사랑은, 한 번 빠지면 헤어날 수 없다고 한다. 창작 생활에 빠져있던 나도, 몽상가적 말을 대책 없이 하는 차도 마찬가지일 터이다.

함께 있으면서 함께 할 수 없다는 것은 어찌 보면 불행한 일이다. 가까이 가려 해도 가까이 갈 수 없는 보이지 않는 장막. 무엇이 잘못되었는지 음과 음이 만나듯 서로가 서로를 밀어내듯 아내와의 생활은 순탄치 않았다. 이혼을 하고 꿈을 선택한 이상 오로지 작업에만 매달렸다. 여인은 엷은 미소를 짓고 있다. 여인에게서 숨소리가 들렸다. 실핏줄을 하나하나 연결해 나가듯 심혈을 기울였다. 마음으로 느낄 수 있는 작품을 만들고 싶었다.

마음이 그렇게 여려서 어떻게 험한 세상을 헤쳐 나가려고 그러냐.

돌아가신 어머니는 늘 걱정하셨다. 반면에 불효자인 나는 작품의 성취도가 점점 높아졌다. 여인상은 활짝 웃으면 가볍고 무표정하면 우울해 보인다. 적당한 미소는 여인을 우아하게 만든다. 디테일하면서 클래식한 분위기의 작품이네요. 미소 속에 짙은 외로움이 깃들어 있어요, 관람객들은 말했다.

차는 소나무 밑에 웅크린 여인을 가리켰다.

작가님의 말을 다 들을 수는 없어도 저 작품을 보고 있으면…… 아, 가슴이 내려앉습니다. 차는 작품의 분위기에 빠져드는 듯했다.

전시가 지연되자 지인들은 뭐가 잘못된 것이 아니냐고 불안을 부추겼다. 잠이 오지 않았다. 드로잉한 액자를 몇 개 표구했느냐는 물음에 글쎄요, 하던 차가 데이터를 봐야 합니다. 나중에는 표구를 다 했다고 말하기도 했다. 그런데서 나는 약간의 혼란을 빚었다.

전시 안 할 테니, 작품을 제 자리로 돌려줘주시요, 라고 차에게 당장이라도 말하고 싶었으나 그럴 수는 없는 노릇이었다. 차에게 전화를 해도 부재중전화가 분명 찍혔을 텐데 연락이 없었다. 리모델링 하는 집주인도 그가 공사를 마무리해 주지 않고 연락도 안 된다고 투덜거렸다.

차동호가 사라진 건 작품이 내려간 지 5개월이 지나서였다. 그전에 전시회가 차의 계획대로 진행되었더라면 이런 일은 일어나지 않았을까. 나는 그를 진정성 있는 사람으로 보았다. 어떻게든 성사시키려고 하는 모습도 보였다. 무엇이 잘못되었을까. 차동호는 어떤 연유에서 사라진 걸까?

나는 뒤늦게 작품인수증을 받으러 K에 내려가는 중이었다. 뜨거운 열기는 고속도로를 달구었다. 못난 짓을 한 나를 생각하면 기분이 우울했다. 때마침 전화가 걸려왔다. 모르는 전화번호였다.

형님.

차동호의 목소리였다.

형님, 제가 찾아뵐 때까지 건강하세요.

야, 이…….

차동호는 내가 말하기도 전에 전화를 끊었다. 그와 마지막 전화였다. 너는 어째 욕 한마디 할 줄 모르냐, 사내자식이. 어머니의 목소리가 들리는 것 같았다. 차동호에게 전화를 걸었지만 받을 리가 없었다. K까지 승용차로 4시간 30분을 달렸다. 미루고 미루던 인수증과 작품확인서를 받으러 당일치기를 강행했던 것이다. 소 잃고 외양간 고치는 격이지만 담당자에게 일방적으로 통고를 하고 내려갔다. 아포르박물관 전시장에 매달린 할로겐은 천연덕스럽게 차동호가 디피해 놓은 작품을 비추고 있었다.

수리기사가 올 때가 되었는데 소식이 없다. 전화를 걸어도 받지 않는다. 이놈도 똑같은 놈 아닌가.

차동호를 처음 보았을 때 어떤 사람인지 궁금했다. 외모에서 풍기는 이미지가 예사롭지 않았다. 인터넷 검색에서 그의 정보를 알 수 있었다. 그가 인테리어 했던 이태원, 강남, 분당의 유명 매장들이 올라와 있었다. 인터넷에서 본 정보는 모두 오래전에 올린 글들이었다. 사람들은 잘나갔던 시절을 이야기하고 싶어 한다. 그는 자신의 이야기를 하지 않았다. 나에게 명함 한 장 내밀지도 않았다. 이메일도 모른다. 어디 사는지도 모른다. 이사 올 집주인과 고향 사람이라는 것밖에는 모른다. 프로필과 캡션은 그가 직접 받아갔다. 이상하다 생각하면서도 그를 의심한다는 것은 내 쪼잔함을 드러내는 격이었다. 그를 믿어보기로 했다.

눈이 부리부리한 수리기사는 능글맞게 토런기가 고장 난 틈을 타서 내게 장사를 했다. 너무 오래된 토런기라 부속품이 없을 수도 있다고 했다. 수리비가 많이 들지 모르니 이번 기회에 새 토런기로 바꾸라고 했다. 가뜩이나 열이 올랐던 나는 내 나이 칠십이

180

낼 모레인데 그 비싼 토련기를 사라고 하느냐고 기사에게 소리를
버럭 질렀다.

　전시회를 몇 번 굴리고 나면 작가님 작품의 가치가 한층 올라
갈 것입니다. 그러기 위해서는 공공기관인 박물관에서 하는 전시
가 중요합니다.

　좋은 기회라고 생각했다. 차는 중남미 조각과 어울리는 작품
으로 박물관에서 1차 전시회를 하고 나머지 테라코타를 포함한
작품들은 다른 전시회를 기획해서 선보이겠다는 계획이었다. 그
가 말하는 오프닝 계획은 대단했다. 도지사, 군수, 기자들까지 모
든 인맥을 동원하겠다는 말이다. 그러나 차동호는 사라지고 오프
닝 행사도 흐지부지되고 말았다. 헛웃음이 나왔다. 모든 것이 우
습게 되고 말았다. 담배 연기가 공중에서 흩어지듯 차의 말은 흔
적없이 사라졌다. 일이란 계획한 대로 흘러가지 않는다. 그동안
기획자 차동호의 말에 나는 한심한 사람이 되고 말았다. 차의 말
이 다 거짓이라고 생각지는 않는다. 마음먹은 대로 하려던 것이
이렇게 되었는지도 모른다.

　차동호, 그놈의 얼굴은 머릿속에서 지워지지 않고 수리기사는
전화도 안 받고 나는 끓어오르는 화를 참으려 눈을 감았다.

　내일이면 썸머 초대전이 아포르박물관에서 열린다. 오후 5시
의 햇볕은 따가웠다. 주위는 아랑곳하지 않고 온통 초록으로 물

들었다. 이유를 모르는 사람들은 작가 없이 오픈한다는 것이 말이 되느냐고 했지만, 그동안의 상황을 설명할 길도, 설명할 이유도 없었다. 어쨌든 그가 가지고 간 작품은 좋은 데 가서 가치를 발하기를 바랄 뿐이다.

많은 기대를 하셨을 텐데 조용한 오픈이 되겠네요. 아쉬움이 많으실 텐데 죄송합니다.

담당자에게서 카톡이 왔다. 묶음으로 된 사진 몇 장이 도착했다. 배너 상단에는 작품사진과 전시명이 붉게 프린트되어 있었다. 고딕체의 무명 작가인 내 이름이 한눈에 들어온다. 하단에는 작가가 쓴 작가노트 중이라는 짧은 글과 개인전과 단체전의 약력이 들어있다. 그리고 왼쪽 아래로 'K군'이라는 로고가 조그맣게 새겨져 있다.

내가 아는 그는 나쁜 사람이 아니었다. 말수가 적은 차동호는 내 작품에서 순수라는 단어에 꽂혀있었다. 작년 9월부터 차동호를 만나면서 10개월이란 시간이 흘렀다. 누가 차동호를 그렇게 만날 줄 알았으며. 일이 이렇게 될 줄 알았을까. 부풀었던 무명 작가의 헛된 꿈은 사라졌다. 차를 생각하면 화가 나다가도 그가 왜 그런 선택을 할 수밖에 없었는지 안타까울 뿐이다.

내일 열릴 전시회 오프닝 행사는 해도 그만, 안 해도 그만 일 터이다. 나는 냉장고에 있는 소주 한 병을 꺼내 들었다. 그때 전화벨이 울렸다.

선생님, 거의 도착했는데 길을 잘못 들었나 봐요.
아니 몇 번이나 온 길인데 그것도 못 찾는단 말이요.
수리기사는 엉뚱한 곳에서 헤매고 있다. 갈래길에서 내비게이
션은 가끔 막다른 길을 가르쳐준다.

.

해설

비극적 세계관의 새로운 길 찾기
―조남숙 소설집 『환승』에 붙여

김종회(문학평론가·한국디지털문인협회 회장)

1. 한 도예 작가의 심층적 내면 풍경

작가 조남숙은 서울 출생으로, 20년 전 서울에서 양평으로 이주했다. 그는 양평의 아름다운 풍광에 매료되어, 저절로 펜을 잡고 글을 쓰게 되었다고 밝혔다. 그리하여 10년간 수필을 썼고 이후에 소설을 쓰기 시작했다. 독학으로 쓰는 글이 성에 차지 않아 윤후명 선생의 문하생으로 들어가 창작 수련을 했다. 그렇게 보낸 세월이 또 10년이고 보면, 그만한 의지의 모습도 보기가 쉽지 않은 경우다. 이렇게 강산이 두 번이나 변하는 시간의 흐름을 감당하고서 '무언가 눈에 보이기 시작'했다고 술회했다. 참 대단한 일이다. 이는 한편으로는 그의 글쓰기 이력이 하나의 단계를 지나고 있다는 의미이기도 하고, 다른 한편으로는 첫 창작집을 묶어낼 시기에 이르렀음을 뜻하기도 한다.

뿐만 아니다. 그는 글쓰기와 병행하여 오랜 기간 도예 작업을 해 온 조형 예술가이기도 하다. 낮에는 도예 작업을 하고 밤에는 글을 쓰면서, 공간적 예술과 시간적 예술의 양면에 걸쳐 자신을 추동해 온 열혈의 과정이 있다. 그런가 하면 한글과 한문 모두에 걸쳐 15년간 서예를 해 온 경력이 있기도 하다. 이 모든 경과를 되돌아보니, 자신의 영혼 속으로 자연을 비롯한 모든 것들이 스며들기 시작했다는 고백을 할 수 있게 되었다. 이러한 객관적 현상들을 두루 통괄해 볼 때, 지금은 그의 예술세계가 선명한 매듭이나 마디를 형성하고 그 경점更點을 지나는 형국이다. 대나무가 곧게 그리고 높이 자라는 이유는 수많은 마디를 밟고 올라서기 때문이다.

이와 같은 지점에 이르러 첫 창작 소설집 『환승』을 펴내는 것은, 매우 시의적절하고 의미 있는 처사가 아닐까. 아마도 이 소설집으로 작가는 자신의 문학세계에 대한 외형과 내면의 면모를 가늠할 수 있을 터이고, 그로부터 새로운 창작의 계기와 전방 지점을 응대하는 관점을 얻을 수 있을 것으로 본다. 한 작가의 첫 소설집이 그 이후의 행로를 밝혀주는 견인차가 된 사례는 우리 문학사에 지천으로 널려 있지 않은가. 이 소설집에서 드러나는 그의 문학적 경향과 방향성은 추후 그의 문필활동에 지속적인 영향을 미칠 가능성이 크다. 다만 그 가운데서 취할 바와 버릴 바를 분간하고, 이를 유용한 디딤돌로 활용할 때 그의 글이 한층 값있는 내일을 열어갈 것이다.

필자는 이 작가가 사는 양평 지역에 함께 산다. 그러한 연유로 여기저기의 문학 행사에서 만나기도 하고 소식을 듣기도 했다. 그의 소설들을 읽으면서 작품에 등장하는 양평의 여러 지형과 풍물은 필자에게 전혀 낯설지 않아 그 나름대로 읽기의 재미가 있었다. 어쨌거나 소설가이면서 도예 작가라는 유다른 신분이 결코 만만할 수가 없다. 단편 「기획자 차동호」에 남자 캐릭터로 나오는 '나'는, 일정 부분 작가의 의식과 환경을 대변한다. 그가 도예 작가라는 점에 서도 그렇거니와, 이 소설집 전반을 지배하고 있는 비극적 세계관의 반영이라는 점에서도 그렇다. 이제부터 우리는 구체적인 작품의 실제를 통해, 그 세계관이 어떻게 펼쳐지고 어떻게 변화해 가는가를 살펴볼 것이다.

「기획자 차동호」는 한 무명의 도자 조형 작가와 전시를 추진하는 기획자 차동호란 인물 사이에서 발생한 이야기를 근간으로 한다. 차동호의 주선으로 K군에서 전시회를 하기로 되어 있었고 그 날짜가 바로 내일이다. 그런데 '차'는 '나'가 가장 아끼던 작품 〈웅크린 여인〉과 누드 드로잉 세 점을 들고 사라졌다. '나'는 그 작품에 '내 영혼의 한 편린이 농축'되어 있다고 여긴다. 그 중간에 코로나 사태라는 재해가 개재介在되어 있기는 했으나, '차'가 사기 행각을 벌인 것은 분명하다. 그는 무책임했고 그가 말한 대로 된 것은 아무것도 없었다. '나'가 뒤늦게 분실이나 파손에 대한 조항 그리고 군의 작품 인수증을 받아두지 못한 부주의를 후회하지만, 이미 시기를 놓친 터였다.

　특히, 그는 무명 작가인 내 작품에 호의적인 관심을 보였다. 작가님 작품에는 감정과 스토리가 가득 담겨 있습니다. 그의 말은 일반인들이 쉽게 할 수 있는 이야기가 아니었다. 그는 자신의 사생활에 대해서는 말하지 않았다. 나도 사생활에 대해서는 할 말이 없었다. 이혼하고 20년 넘게 작업실 쪽방에서 지내는 신세였기 때문이다. 이혼한 것이 부끄러울 것은 없지만 자랑할 만한 일도 아니었다.
　차가 리모델링하는 집은 내 작업실에서 가까운 시골집이었다. 집주인과 인테리어 하는 차는 고향 사람인 듯했다. 그가 내 작품을 발견하고 몇 번에 걸쳐 작업실을 다녀간 후, K군 담당자까지 다녀갔다. 나는 뜻하지 않게 생긴 일이라 어리둥절했지만 우연치 않게 굴러들어 온 복이려니 생각했다. 드디어 내 작품을 알아보는 이가 나타났군. 마르셀 뒤샹이 유명하게 된 것은 그를 발굴한 마케터들의 안목 덕분이었다. 나는 새로운 희망에 어깨를 바로 폈다.

　차동호는 60대 초반, '나'는 그보다 5살 위다. 그가 우연히 작업실을 방문하고 그 방문이 여러 번이 되면서 두 사람은 친숙해졌다. '차'는 '나'의 작품에 감정과 스토리가 담겨 있다고 상찬賞讚한다. 전시회가 지연되고 마침내 무산된 주원인이 코로나 때문이었다고 보는 '나'는 '차'를 궁극적으로 나쁜 인간이라 생각하지 않았다. 그러나 그를 이해하려 애쓰는 심경과 전시회 파행의 현실 사이에는 너무 큰 격차가 가로놓여 있다. 이 간극은 소설의 말미에 이르기까지 해결의 실마리를 보이지 않는다. 그도 그럴 것이 이 작가가 세상을 보는 시각이 평안하고 안온한 분위기와 상당한 거리가 있는 연유로, 길항拮抗하고 갈등하는 사건의 조화로운 접점이 마련되기 어려운 까닭에서다.

내가 아는 그는 나쁜 사람이 아니었다. 말수가 적은 차동호는 내 작품에서 순수라는 단어에 꽂혀 있었다. 작년 9월부터 차동호를 만나면서 10개월이란 시간이 흘렀다. 누가 차동호를 그렇게 만날 줄 알았으며, 일이 이렇게 될 줄 알았을까. 부풀었던 무명 작가의 헛된 꿈은 사라졌다. 차를 생각하면 화가 나다가도 그가 왜 그런 선택을 할 수밖에 없었는지 안타까울 뿐이다.

내일 열릴 전시회 오프닝 행사는 해도 그만, 안 해도 그만일 터이다. 나는 냉장고에 있는 소주 한 병을 꺼내 들었다. 그때 전화벨이 울렸다.

선생님, 거의 도착했는데 길을 잘못 들었나 봐요.
아니 몇 번이나 온 길인데 그것도 못 찾는단 말이요.
수리기사는 엉뚱한 곳에서 헤매고 있다.

차동호와의 풀릴 길 없는 어긋남과 더불어, 이 소설에서는 또 하나의 어긋난 사태를 일종의 알레고리로 활용한다. 소설의 첫머리에 나오는 토런기의 고장과 이를 수리할 기사를 부르는 문제다. 기사는 곧 온다고 하면서 자꾸 시간을 어기고, 종내 길을 잘못 들어 헤매기도 한다. '나'는 그가 차동호와 똑같은 놈이 아닌가 의심한다. 하기로 한다면 작가가 이 모든 정황을 희망적이고 따뜻한 이야기로 이끌고 갈 수도 있었을 것이다. 그런데도 군이 일반적인 규례와 상식을 벗어난, 사기꾼 같은 인물의 서사로 이끌고 간 이유가 무엇일까. 우리를 둘러싸고 있는 이 시대의 현실적 상황이 결코 순적順適하지 않다는 비판적 인식에서 비롯된 것이 아닐까. 다만 나중에 언급할 다른 작품에서는 이 질곡을 넘어설 새로운 개안開眼이 마련되어 있으니, 이를 다시 살펴볼 예정이다.

2. 극단적 상실감과 고독감의 서사

우리 삶에 있어서 무엇인가를 잃어버리고 이를 회복할 수 없을 때, 그 상실감은 잃어버린 대상이 되는 무엇이 소중한 것일수록 더 커지기 마련이다. 이러한 회복 불능의 심리 상태는 소설의 제재題材가 되기가 사뭇 적합할 수밖에 없다. 「아내의 방」은 바로 그와 같은 형편에 처한 화자의 극단적 상실감을 보여주는 소설이다. 화자인 '나'는 고학력의 남편이고, 아내는 '나'의 모든 단처短處를 감당하고 감싸주던 과분한 존재였다. 그런데 그 아내가 집을 나가서 며칠이 지나도록 돌아오지 않는다. 사정이 이와 같으니, 일반적인 부부 싸움 끝에 일시적으로 가출한 사례와는 성격이 다르다. 이 가출은 두 사람의 성향과 저간의 사건 전개에 견주어 볼 때 확연히 구조적인 성격을 띠고 있다.

늘 혼자라는 의식 아래 고독했다. 살갑게 하는 아내를 귀하게 여길 줄 몰랐다. 나에게는 식사 준비를 해주고 일상생활을 돕는 것은 그다지 중요하지 않았다. 그것은 누구나 할 수 있는 일이라고 생각했다. 나는 내가 무엇을 원하는지조차 몰랐고 정체불명의 이상 속에서 헤맸다. 배경이 있는 친구들을 부러워했다. 세상을 원망하고, 나를 이끌어줄 사람을 갈망했다. 나 이외에 그 누가 나를 구원할 수 있단 말인가, 생각하면서도 어리석은 나는 사과나무 아래에서 입을 벌리고 열매가 떨어지기만을 기다렸던 형국이었다. 여보, 사과를 따려면 사과나무에 올라가야지, 하던 사람도 아내였다. 가족이라 해도 가까이오는 것이 불편했다. 멍하니 초점 잃은 눈빛으로 허공을 바라보았다. 여보, 왜 그래, 아내는 걱정했다. 뜬구름만 잡고 있는 머릿속은 무기력해지고, 삶의 의욕은 뿌연 안개 속에 갇혀버렸다.

소설에서 서술되고 묘사된 아내의 품성은 단단하게 정돈되어 있다. 그녀는 '살림하는 시간이 운동인 양' 움직인 인물이었다. 시내 중심부에 있는 35평형 고층 아파트에, 아내는 협소한 '작업방'을 두고 책도 읽고, 컴퓨터도 하고, 붓글씨도 썼다. 아내의 단련된 성격은 '나'가 구치소에 갇혀 있을 때 더 잘 부각되었다. 다니던 회사에 문제가 생겨서 경제사범으로 여러 번의 재판을 거치며 형을 기다리고 있던 때다. 하지만 '나'는 아내의 마음을 살펴주는 평범한 남편의 수준에도 미치지 못했으며, 아내를 비하하고 유령 보듯 했다. 아내가 사라진 후 그 방에서 발견한 화선지가 바짝 말라 있는 것은, 이러한 남편의 태도를 은연중에 암시한다. '나'는 아내를 '독백하는 여자'로 만들었다.

그 해 겨울, 내가 구치소에 있을 때만큼이나 아내의 부재는 암담했다. 아내가 사라지던 그날 엘리베이터 앞에서 엷은 미소를 지었던 아내는 무척 슬퍼 보였다. CCTV속 아내는 작은 트렁크를 끌고 나간 것이 전부였다. 아내가 떠날 수밖에 없었던 이유를 제공한 것은 분명 나였다. 그동안 내가 저지른 단편들이 어두운 환각 속에 남아있다. 그것은 내가 지속적으로 그녀에게 저지른 은밀한 범죄이자 고문이었다.

감정 기복이 심한 '나'는 소설 속의 독백을 통해 자신이 '아내의 감정과 노동을 착취한 파렴치한'이었다고 수긍한다. 아내와의 다툼에 있어서도 '나'의 말은 늘 가혹했다. '그럼, 이혼해'라는 말을 먼저 꺼낸 것도 '나'다. 언젠가 언뜻 본 아내의 노트에는 '고향으로 가고 싶다, 이대로 죽을 수는 없다'라는 글이 씌어져 있었다. '나'는 여러 차례 반성과 만회의 기회를 모두 놓쳤다. 아내가 사라진 후 이제야 '속죄할 기회'를 달라고 되뇌이는 행위조차 동정받기 어려울 정도다. 작가는 이토록 일방적이고 극단적인 상실의 담론을 만들어냈고, 그러기에 소설의 결미에서 아내의 목소리가 실제인지 환청인지 구분할 수 없는 지경으로 방기放棄할 수밖에 없었다.

그런가 하면 「환승」은 이와 결이 좀 다르게, 극단적인 고독감의 주제를 펼쳐 보였다. 고독은 세상에 홀로 떨어져 있는 듯이 외롭고 쓸쓸한 감정이라는 사전적 의미를 갖고 있으나, 오히려 그로 인해 여러 예술 작품의 모티브를 유발한다. 일찍이 프리드리히 니체가 '고독 속에서 위대한 생각들이 태어난다'고 했고, 프란츠 카프카는 「변신」이란 소설에서 고독하고 병약한 주인공이 어느 날 갑자기 벌레가 되었다가 죽는 스토리를 구성했다. 조남숙의 「환승」은 어떠한가. 이 소설의 화자인 '나'는 예정도 없이 친정 동네였던 답십리를 찾아간다. 그런데 이 뜬금없는 행위의 배면에는 남편과의 소통 부재라는 원인행위가 잠복해 있다. 마치 『젊은 베르테르의 슬픔』에서, 베르테르가 샤롯데와의 사랑이 이루어지지 않은 것으로만 자살한 바가 아니듯이.

194

다. 일주일간 그의 집에 머물렀을 뿐인데 일을 하다가도 문득 정신 나간 사람처럼 그의 이름을 중얼거렸다. 그는 내 주위를 맴돌았다. 캐슬 주변에서 모퉁이를 돌 때 우리는 멀리서 서로를 알아보았다. 그의 얼굴은 수척해 보였다. 누가 먼저 눈길을 피했는지는 모르겠다. 눈이 마주쳤을 때 그는 황급히 사라졌다. 그 후, 나는 주위를 두리번거리는 습관이 생겼고, 가끔 먼발치에서 보고 있는 그의 눈길을 느낄 수 있었다. 엄마는 시집에서 참고 견디라고 했지만 이혼은 정해진 순서였다. 엄마는 다 자신의 잘못이라고 그렇게 결혼시키는 것이 아니었다고 울었지만 이혼한 후에도 엄마는 나를 단념하지 못했다. 얼마든지 좋은 신랑감을 다시 만날 수 있다고 믿고 있었다.

시댁과의 관계가 어려우면 당연히 남편과의 관계도 그럴 수밖에 없다. 시어머니가 며느리에게 '너'라는 호칭을 쓰면서 언제나 모멸감을 주고, 시누이의 속옷까지 감당해야 하는 시댁이다. 명문대 출신 남편은 겉돌고 떠밀리듯 한 결혼은 행복하지 않다. 그런데 그러한 만큼 양평 시골 현욱의 집과 당사자 현욱은 화자인 '나'에게 도피처가 되고, 그와 떨어져 있을 때는 절실한 그리움의 대상이다. 현욱의 집이 있는 그곳의 이름이 '설매재'다. 눈 속에서도 매화가 핀다는 말이다. 두 사람의 만남과 관계의 심화와 같은 사건은 굴곡 있게 드러나지 않고 이러한 소설적 정조情調 가운데 숨어 있다. 그처럼 사건 중심이 아니라 분위기와 어조 중심으

마음 붙일 곳이 없었다. 생각해 낸 것이 친정 동네였다. 무엇이 그리 급했는지 모르겠다. 발에 닿는 대로 신고 나온 것이 낡은 운동화였다. 현관에는 분명 발목이 짧은 털 부츠가 있었다. Y전철역을 향하여 걸었다. 땅만 보고 걷는 나는 짓눌렸던 기분이 좀처럼 회복되지 않았다. 실로 짠 두꺼운 털목도리로 입과 코, 귀까지 말아 올렸다. 누군가 내 뒤를 따를지 모른다는 쓸데없는 생각이 망상을 불러일으켰다. 나는 뒤를 슬쩍 돌아보았다. 아무도 없었다. 남편은 그 정도로 나에게 관심을 가질 위인이 아니다. 한 공간에서 의사소통이 안 되는 삶은 죽을 맛이었다. 그냥 살아. 이제 어쩔 건데, 살다 보면 이해할 날이 있을 거야, 그것이 벌써 몇십 년이다.

소설은 답십리의 한 편의점에서 시작된다. 그야말로 마음 붙일 곳이 없어 찾아온 곳이다. 이 편의점에서 만난 정체불명의 남자는 '나'와 어떤 인과관계를 형성하거나 소설적 줄거리에 개입하여 확고한 상대역이 되거나 하지 않는다. 그럼에도 불구하고 남자는 내내 담론의 중심에서 멀어지지 않는다. 짐작컨대 '나'의 남편이자 고집불통인 '그'는 '지금 방문을 열고 내가 없는 넓은 거실에서 자유를 만끽'하고 있을지도 모른다. 이 표현을 보면 '나'의 '그'에 대한 우호적인 생각을 발견하기 어렵다. 이들은 보름 전, 심하게 다투기도 했다. '나'가 친정 동네를 배회하면서 통화한 동생과 언니 또한, '나'의 심리적 기저에 자리하고 있는 고

독감의 해소에 도움이 되지 않는다.

이상하다. 남자를 어디에서 본 듯하다. 어디에서 보았을까. 회기역에서 서성거리던 그 남자…. 아니면 전철 중앙선을 타고 올 때 같은 칸에 탔던 사람 같기도 하다. 남자의 모자와 검은 안경테를 보며 나는 고개를 갸웃거렸다. 어디서 보았을까? 남자는 이야기 내내 짧은 긍정문으로 대답했다. 나에게 사모님이란 호칭을 썼을 때 조금은 어색했지만 대화는 이어졌다. 캔 커피를 들고 있는 남자의 손은 도시적이지는 않았다. 편의점에는 여전히 손님들이 드나들었다. 알바생은 틈틈이 휴대전화 화면을 들여다보고 있다. 오래 앉아 있어도 눈치를 주지 않아 다행이다. 발끝이 얼었다 녹은 탓인지 군실거린다. 낡은 운동화 속의 발가락을 움찔거렸다. 남자의 옷차림은 평범했지만 하얀 운동화 끈만큼이나 단정하다. 발목에 찬바람이 돈다. 남자의 시선이 내 낡은 운동화에 머문다.

60대 후반의 연령에 이른 '나'는 생애 주기에 있어서도 내면 지향적 고독감이 세력을 확장할 때다. '나'는 자신에게 '청춘이라는 시절이 있었을까'를 회의한다. 이 소설에서 주요한 포인트가 되는 지점은, 화자가 옛 동네를 찾아가기 위하여 지하철을 두 번 환승 해야 하는 노선이다. 이때의 교통수단 환승에 견주어, 작가는 우리 세상살이의 환승과 그 규범에 대한 여러 사유思惟를 부가하고 대비한 것으로 보인다. 그렇다면 우리가 살아가는 동안에, 과

연 어떤 수단과 방식으로 길을 바꾸어 갈 수 있을 것인가. 여기에 하나의 이정표처럼, 편의점의 남자가 불확실한 삶의 기억을 소환하게 한다. 그와 동일한 공간에 있는 것이 우연인지 의도된 것인지 잘 알 수 없는 채로, 그 또한 화자의 고독감을 증폭하는 데는 확실한 기능을 하고 있다.

3. 그리움과 기다림의 소설적 형상

그리움은 어떤 대상을 좋아하거나 곁에 두고 싶지만, 그럴 수 없을 때 발생하는 심정이다. 아니면 과거의 경험이나 추억을 돌이켜 생각하는 애틋한 마음을 말하기도 한다. 많은 이들이 이를 두고 적극적인 행위를 보이기보다는 주로 멀리서 바라보거나 기다린다. 그것이 노력과 수고로 대신할 수 없는 운명에 있기에 그렇다. 조남숙의 소설 「설매재 그곳」은 꼭 이러한 감정의 생성과 전개와 결말에 대응하기 위해 쓴 작품처럼 보인다. 현실적인 삶, 특히 시대과의 불협화를 벗어나지 못하고 있는 화자가 양평 시골을 도피하듯 찾아가고 현욱이란 남자와 만나는 사정이 그 서술에 해당한다.

로비 데스크에서 안녕하십니까? 라고 깍듯이 인사하는 시댁인 캐슬로 돌아온 후에도 나는 그의 환상에 사로잡혀 있었

로 이 작가의 소설이 정렬되어 있다.

　맥문동 열매는 햇볕에 반짝인다. 머리 위에 떨어지는 나뭇잎이 그 겨울의 눈송이처럼 나풀거린다. 사라진 방아깨비가 눈앞에 나타나 앞다리를 비빈다. 고추잠자리는 여전히 내 주위를 맴돈다. 누름꽃잎이 든 편지는 분명 그가 보낸 편지일 터이다. 마지막 연에 그가 나를 기다린다고 했다. 입안이 마른다. 물병을 꺼내 물 한 모금을 마셨다. 실핏줄을 타고 물줄기가 몸 구석구석에 내려앉는다. 나는 일어나 다시 설매재 그곳을 향해 걸어야 한다.

　화자인 선영과 상대역 현욱 모두 위험한 사고를 겪는다. 그리고 이는 두 사람을 한층 가까이 결속하게 한다. 그러기에 시댁으로 돌아와서도 그의 환상에 사로잡혀 있다. 항공 승무원과 호텔리어의 직업을 가졌던 '나'와 남편의 결혼은 그 배경을 짐작할 만하다. '나'는, '엄마'의 만류에도 견디지 못하고 이혼을 예정하고 있다. 아마도 현욱이 보낸 것으로 짐작되는 '누름꽃잎이 든 편지'에서, 그는 '나'를 기다린다고 썼다. 왜 이 작가는 거의 모든 작품에서 이렇게 궁벽한 환경에 처한 인물을 화자로 상정하고, 그 심경의 동통疼痛과 더불어 그리움과 기다림의 내면 풍경을 형상화하고 있을까. 그것이 작가의 세계관이며 동시에 세상에서의 일상적인 삶을 바라보는 시선이라면, 이 각박하고 우울한 질곡桎梏을 넘어설 길은 없는 것일까.

「설매재 그곳」과 유사한 소설적 플롯을 가진 작품이 「숨을 쉴 수만 있다면」이다. 이 소설의 중심인물은 수민이라는 여성이고 수민과 소통하는 오랜 친구는 현애다. 소설 가운데 곳곳에 현애의 글이 액자소설 형식으로 등장한다. 수민은 현애가 있을 곳으로 짐작되는 속초를 향해 떠난다. 25년 전에 변사체가 되어 주검으로 발견되었던 현애가 살아 있다고 판단하게 된 것은, 한 달 전 웹사이트에서 한 편의 소설을 발견했기 때문이다. 수민은 그 소설이 현애가 아니면 쓸 수 없는 글이라고 받아들였다. 이 소설을 지도 삼아 찾아간 속초 동명동의 바닷가에서 수민은 한 여자를 만난다. 문제는 그 여자가 현애인가 아닌가에 있다.

여자가 동명동주민센터 골목으로 들어서자 나는 순간 정신이 아득해진다. 500미터쯤 걸으면 크지 않은 상가에 미성부동산이 나오고, 상가를 끼고 들어서면 차 한 대가 겨우 들어갈 수 있는 일방통행 길이 나올 것이다. 노면에는 일방통행이라는 선명한 글씨가 새겨져 있을 것이다. 아, 이런 우연히 있을까. 나는 앞에 걷고 있는 사람이 현애라는 사실을 다시 한번 상기한다. 이 길은 주인공이 사는 청대문 집으로 가는 길이다. 약도 그대로이다.

수민은 현애와 자매처럼 한 지붕 아래서 어린 시절을 보냈다.

25년의 상거相距가 있다 할지라도, 수민이 그 여자를 현애인가 아닌가 하고 혼란스러워하는 대목은 잘 이해가 되지 않는다. 그렇다고 해서 현애가 성형수술을 했다는 따위의 단서도 없다. 그렇다면 왜 작가는 독자를 이와 같은 혼란 속에 방치하면서 명료한 답안을 제시하지 않는 것일까. 여하간에 죽음이든 잠적이든 25년간 사람들의 시야에서 사라진 현애는, 우선 남편 P와의 관계가 순탄하지 않았다. 이 작가의 소설 전반에 걸쳐 이 경향은 거의 유사한 패턴으로 작동한다. 동시에 이는 남편뿐만 아니라 다른 사람들과의 관계에 있어서도 원활한 사회성을 확보하기 어려웠다는 의미가 된다. 작가는 현애의 사라짐을 부차적인 것으로 하고, 그가 겪은 단절과 소외감에 중점을 두고 있다.

내가 양양에서 현애에게 행복해, 하고 물었던 것처럼 여자가 나에게 묻는다. 나는 울컥한다. 얼른 밥을 한 수저 떠서 입에 물었다. 목이 메일 것만 같았다. 여자가 국을 더 떠오겠다고 슬며시 일어난다. 여자와 나는 말없이 밥을 먹는다. 어느새 창문 밖에서 어둠이 밀려든다. 우리는 나란히 이불을 펴고 천장을 보고 누웠다. 여자 아니 현애에게 네가 왜 사라졌는지, 왜 죽은 자가 되었는지, 살아있었다면 왜 나타나지 않았는지, 몇 번이고 묻고 싶었다. 현애는 지금 무슨 생각을 하고 있을까. 눈물이 흐른다.

수민은 현애의 장례식장에서 현애의 남편 P를 보았을 때 적개심을 느꼈다. 그는 현애를 숨 막히게 한 사람이었다. '수민아, 나 기차를 타도 될까?'라고 현애가 물었을 때, 그 질문은 기실 많은 함의를 내포하고 있는 것이었는지도 모른다. 현애가 '고향으로 가고 싶다'고 한 말도 수민은 명료하게 이해하지 못했다. 그런데 나중에 헤아린 현애의 마음은 '죽고 싶지는 않은데, 살고 싶지도 않은 것'이었다. 이토록 막막한 절연의 날들이 결국 25년의 괴리를 축조했다면, 지금 수민의 눈앞에 있는 현애 또는 '그 여자'의 정체가 불확실하게 드러나는 것을 납득할 만하다. 수민의 애도와 그리움의 진정성이 어쩌면 죽음의 기로岐路를 넘어서는 우의友誼의 산출에 이를지도 모를 일이다.

4. 소통의 상대역 또는 긍정적 타자

이제까지 공들여 읽은 조남숙 소설의 핵심적인 키워드는, 등장인물과 그 주변의 소통 불능이었다. 사람과 사람 사이의 의사가 막힘 없이 잘 통한다면, 미상불 소설적 갈등의 소재가 될 수 없을 것이다. 소통의 부재나 불능은 결국 자아와 타자의 관계성에 관한 사안이다. 이때의 타자는 자기 외의 다른 사람을 뜻하고, 그는 대체로 경쟁이나 갈등의 대상이 된다. 지금껏 조남숙의 소설은 그 타자가 소설적 화자와 심정적으로나 물리적으로 먼 거리에 있었고, 그것이 이 작가의 세계를 우울하고 비극적으로 이끄는 요인이기도 했다. 그런데 이제 여기서 자타 상호 간의 간격을 좁히고 긍정적인 관계성을 매설하는 소설을 살펴보기로 한다.

남편 P와 살면서 목적 없는 사막을 걷는 기분이었다. 결혼생활의 정체성이 무엇인지도 모른 채 산다는 것이 고통이고 무의미했다. 하루에 한 마디도 입을 떼지 않는 그와 한 공간에 있다는 것은 심신을 지치고 외롭게 했다. 책을 읽다가도 그 멍한 시간들 앞에 무기력해졌다. 그렇다고 늘 안일하게 퍼져있던 것만은 아니다. 외로운 만큼 더욱 더 작업에 매진했다. 그는 더욱 더 나를 압박해왔다. 작업에 빠져있는 나를 이해해 달라고 말하고 싶지는 않았다. 그럴 필요성을 못 느꼈다. 오로지 내가 할 수 있는 것은 도예작업뿐이었다. 도자조각에 빠져 작품생활에 집착하는 것이 불행인지, 다행인지 모를 일이었다. 꾸준히 하는 작품생활은 성취감도 느꼈다. 무료하지 않게 하루하루를 살았다. 한 지붕 두 가족이라는 좁힐 수 없는 부부생활이 누구에게도 노출되지 않은 채 흘러갔다. 무늬만 부부인 채로 살아간다는 것은 한 번밖에 없는 인생에 설명할 수 없는 괴로움이었다.

「그날, 하루」는 이제까지의 주인공들과 삶의 조건이 크게 다를 바 없는 홍주희라는 여자를 화자로 하여, 송은호라는 남자를 관찰하는 소설이다. 홍주희와 남편 P와의 결혼 생활은 '목적 없는 사막을 걷는 기분'을 초래했다. 화자는 외로운 만큼 자신이 할 수 있는 도예 작업에 매진했고, 그래도 '한 번밖에 없는 인생에 설명할 수 없는 괴로움'을 벗어나지 못했다. 이 막막한 날에 그가 만난 남자가 송은호라는 조각가다. 직업적 동질성이 없지 않으나, 그보다는 두 사람의 존재론적 외로움이 서로의 지경地境을 알아보았다고 해야 할 터이다. 이들의 만남과 헤어짐에는 극적인 계기가 작용하고, 그러할 때마다 인연과 가슴 설렘과 그리움 같은 어휘들이 결부되어 있다. 이 소설이 지금까지의 작품들과 달리 송은호라는 인물을 매개로 이해와 공감의 지평을 열어두는 것은, 곧 이 작가에게 있어서 비극적 세계관을 넘어서는 새로운 길 찾기인지도 모른다.

    페이스북 속에 송은호는 여전히 작업을 이어가고 있었다. 작가는 작업을 떠나서는 살 수 없는 것이라 생각하며 화면 속에 그를 보며 빙긋 웃었다. 나는 컴퓨터 커서에 손을 올리고 페이스북의 계정비 활성화와 삭제에서 잠깐 망설였지만 머릿속에서 그를 삭제하듯 삭제를 눌렀다. 그래야 그를 잊을 것 같았다. 오래전 잡지에서 그의 사진을 보았을 때 놀랍고 반가웠다. 풀어진 마음에 하룻밤의 일이라고 되뇌었지만 그렇다고 그 일이 기억 속에서 지워질 리가 없었다. '25시간 동안의, 하루'라는 작품 속에서 그날의 기억이 되살아나는 것은 어쩔 수 없는 노릇이었다. 나란히 걸려있는 액자 속에는 결이 다른 남자 송은호의 이미지가 떠 있다. 작품에는 주로 바닷가의 풍경이 등장한다. 고온으로 녹인 황동을 액체 상태에서 원추형 틀에 던지듯 뿌려서 떼어낸 작품을 설치하는 작가 송은호는 낯설다. 굵은 마디의 손가락을 가진 송선생만 기억날 뿐이다. 포장마차에서 술잔을 기울이던 순간들과 아직도 운동화 속에 한 움큼씩 들어찼던 모래를 기억한다.

홍주희는 경인미술관에서 개인전을 열고, 프랑스에 있는 줄 알았던 송은호는 전시회 마지막 날 홍주희 앞에 나타난다. 이들에게는 정동진에서의 추억을 비롯하여 만만치 않은 전사前史가 있다. 같은 조형예술을 하고 있으나 두 사람의 작품세계는 각자 자기 방향성을 갖고 있다. 그러나 작가는 이들의 만남과 이끌림과 하나됨 그리고 인식의 공유에 다른 작품에서와는 달리 후한 평점을 준다. 일찍이 1949년에 루마니아 작가 게오르규가 발표한 『25시』는 포로수용소 경험을 바탕으로 악몽의 시간을 표현했지만, 조남숙이 홍주희를 통해 보여준 〈25시간 동안의, 하루〉는 일상적인 시간의 경계를 넘어선 곳에서 강렬하고 결이 고운 소통의 기억을 환기하고 있다. 다시 말하면 새로운 삶의 기력을 섭생한 소설이라는 후감이다.

이와 같은 새로운 경향은 「그는 나에게 아무나가 아니었다」에서 더욱 강력하게 나타난다. 이 소설의 화자는 차도영이라는 이름의 여자이고, 그와 짝을 이루는 남자는 인태라는 이름을 가졌다. 작가는 이 소설에서 「그날, 하루」보다 한 걸음 더 나아가 고전적이고 전통 지향적 성격을 가진 건실한 사랑의 모습을 그려낸다. 동시대에 편만遍滿한 젊은 세대의 가치관을 넘어서, 오히려 인간으로서의 경우와 도리를 다하는 사랑이 이 소설의 메시지다. 인태는 고시원에서 옹색하게 살다가 7평의 작은 오피스텔로 이주한다. 이 사실이 지시하는 바는 이들, 특히 인태의 환경이 넉넉하지 않다는 것이고 이는 두 사람의 결혼에 만만치 않은 장벽으로 다가온다. 하지만 이들은 망설임 없이 이 난관을 넘어선다. 조남숙 소설에서 거의 볼 수 없던 캐릭터들이다.

　　조명회사 다니는 인태와 한국 무용 하는 나는 분야가 다르지만 아주 다르다고는 할 수 없었다. 그는 인테리어 감각이 있었고 조명의 디자인을 하면서 회사의 책임을 맡고 있었다. 그는 묘하게 바깥에서부터 경계선을 허물었다. 조용히 스스럼없이 편하게 다가왔다. 그의 손이 내 몸에 닿았을 때 당황스럽다기보다는 작은 희열을 느꼈다. 그의 체취를 느끼며 향기로운 거품이 내 주위를 감쌌다.

　　인태씨, 괜찮은 사람이야. 만날수록 좋을걸.

　　소개팅을 해주던 선배가 말했다. 괜찮다는 말, 그 말은 무척이나 넓은 의미의 말이었다. 좋은 사람보다, 괜찮은 사람…….

이 과제에 결론을 내야 하는 이는 차도영이다. '조명회사 다니는 인태와 한국 무용을 하는 나'의 구분이 이 사안의 저변을 짐작하게 한다. '나'에게는 인태를 두고 '경제력이 부족하지만 여러 가지로 가능성이 있는 남자'라는 확고한 인식이 있다. 인태가 장남으로서 부모를 모셔야 한다는 생각을 갖고 있기에 친구들로부터 '별종'으로 취급받아도 '나'는 크게 개의치 않는다. '나'는 비혼주의자가 아니지만, 무용을 하며 혼자 사는 것도 괜찮다고 여기는 자유로운 정신의 소유자다. 그러한 만큼 '나'가 인태를 납득하고 수용하는 것은, 외형적인 사정의 평가와 관련 없이 한 인간에 대한 내면적인 신뢰로부터 말미암는다. 말하자면 조남숙의 소설에서 이보다 더 등급이 높은 순방향의 가치는 찾기 어렵다.

누가 마흔을 불혹이라고 했을까? 나는 그를 보면 자꾸 웃음이 나왔다. 내가 사랑하는 그는 나에게 아무나가 아니었다. 한때 나도 화려한 생각을 한 적이 있었다. 경제력이 번듯한 사람을 만나야겠다는 생각. 싸가지 없는 생각. 그를 만난 지금은 내 인생의 가장 중요한 시점이다. 나는 특별한 삶을 원하지 않는다. 인태하고 오래 오래 친구처럼 살고 싶다는 생각, 그것이 전부이다.

사십이 다 되어가는 딸을 둔 '나'의 부모는 입을 닫을 수밖에 없다. 자기 인생에 대한 결정권을 오롯이 '나'가 행사하기로 한 까닭에서다. 이러한 소설적 전개에 이르러 반추할 수밖에 없는 것은, 조남숙 소설이 목표로 하는 길의 정체성에 관해서다. 현실적인 삶이 팍팍할수록, 새롭게 발견할 수 있는 이 희망의 전조등이 더 밝게 보인다. 소설 속에 등장하는 남편이나 시대의 상황, 자조적인 태도 속에서 회의하고 방황하는 인물의 형상화, 전체적으로 패퇴하고 침윤하는 이야기 구조 등이 조남숙 소설의 전부가 아니라는 사실이다. 사정이 그러하다면 이 향방 어딘가에 그의 소설이 전략적으로 개척해 가야 할 길이 기다리고 있지 않을까. 인간의 내면세계와 세상의 어둠을 깊이 있게 천착하는 기량만큼, 그 너머에서 보다 나은 세상을 유추하는 고투 또한 예비된 보람이 크지 않겠는가. 이는 이 작가의 행로에 대한 조심스러운 예단이면서 간곡한 권유이기도 하다.

작
가
의
말

나는, 나에게

드디어 나는 책 한 권을 엮어냈습니다.

졸작의 부끄러움을 떨치기 어렵지만 나는 내 젊은 날의 약속을 이제서야 지켜낸 셈입니다.

저 멀리 한 여인이 서 있습니다. 그녀는 눈물짓고 있습니다. 그녀는 가장 슬플 때 일기를 썼습니다. 일기는 한 권, 두 권, 세 권……으로 늘어났습니다. 말로 표현할 수 없는 수많은 세월이 일기장에 고스란히 쌓여갔습니다. 여인은 기필코 한 권의 책을 써서 세상에 내보내리라 다짐합니다. 구멍 난 가슴을 메울 길이 없었습니다. 소설을 썼습니다. 보이지 않는 걸 꿈으로 품기는 처음이었지요. 독학으로 하는 소설쓰기는 성에 차지 않았습니다.

스승님은 기꺼이 나를 문하생으로 받아주셨습니다. 문우들은 나를 단편소설 제조기 같다고 말했습니다. 구성도 모른 채 그냥 썼습니다. 할 말이 많았습니다. 쓰고, 쓰고 또 썼습니다. 밑바닥까지 게워내고 깨달았습니다. 피폐하고 얼룩진 눈물자국이 꽃으로 피어난다는 것을.

모든 것은 내 탓이었습니다. 나는 나를 사랑할 줄 몰랐고, 타인을 감싸 안을 줄도 몰랐습니다. 후천적 환경에서 오는 구속을 벗어던지고 남아있는 알갱이의 자아를 찾기로 했습니다. 밤잠을 설치며 한 문장을 쓰기 위해 자다가도 일어나 형광등 불을 켜고, 끄기를 반복했습니다.

소설가가 다 되었네.

스승님께서 말씀하셨습니다.

글을 쓴다는 것은 나를 찾아가는 것이라, 했습니다. 소설가는 자신의 삶을 파먹는 존재라, 했습니다. 내면 깊숙이 굳어 있는 찌꺼기를 녹여내고 싶었습니다.

나는 오늘도 모니터를 마주하고 안개 속으로 시간여행을 떠납니다. 궁벽한 삶은 향기로운 거품을 일으키며 조금씩 피어오릅니다. 저 멀리 한 여인이 서 있습니다. 그녀는 미소 짓고 있습니다.

소설집 『환승』을 통해 하고 싶은 이야기를 썼습니다.

나는, 나에게 말합니다.

조남숙. 너는 어엿한 소설가가 되었다고, 두려워하지 말고 쓰라고, 네가 삶을 버티어 왔듯이 끝까지 문학을 놓지 않는다면, 그리하면 그리하면 자신만의 문학세계를 펼칠 것이라고.

2024년 초가을
물맑은 양평 옥천에서
조남숙

환승

초판 1쇄 인쇄 2024년 11월 13일
초판 1쇄 발행 2024년 11월 15일
저 자 조남숙
발행인 박지연
발행처 도서출판 도화
등 록 2013년 11월 19일 제2013-000124호
주 소 서울시 송파구 중대로34길 9-3
전 화 02) 3012-1030
팩 스 02) 3012-1031
전자우편 dohwa1030@daum.net
인 쇄 유진보라
ISBN 979-11-92828-66-4 *03810
정가 15,000원

도화道化, fool는
고정적인 질서에 대한 익살맞은 비판자,
고정화된 사고의 틀을 해체한다는 뜻입니다.